本多稜歌集

SUNAGOYA SHOBŌ

現代短歌文庫

砂子屋書房

自撰歌集

『蒼の重力』（抄）

『こどもたんか』（抄）

歌の宇宙を産み落としたり——歌集『六調』

渡　英子

207

本多稜歌集

自撰歌集

『蒼の重力』（抄）

I

蒼の重力

モンブランの頂に立ち億年をゆるりと泳ぐ
山々と逢ふ

標高四〇〇一米

朝霧の絹地の裾を引き上げて母なる山は脚
見せたまふ

駆けのぼる霧の音なき大波に思ひ切り我を
放ちやりたり

風向きの変はるつかのまちぎれとぶ雲の間（あひ）
より山走る見ゆ

喘ぎつつ樅の梢を見上ぐればひかりまみれ
のダナエが笑まふ

綿のごとき霧の中行くおのれとの絆あらた
に結び直して

岩肌に小さき黄の花咲きてをり攀（よ）ぢ攀ぢて
ここに開く黄の花

色彩のありとあらゆる争ひの後に朝日は昇り来たりつ

頬削りわれを過ぎゆく烈風の狂（ふ）れんばかりに空磨きをり

蒼氷（さうひよう）の風のかたちに氷れるを打てばからからと笑ひて落つ

二呼吸に一歩重たき足を進め置き去りにされさうな肉体

天地（あめつち）の目合（まぐはひ）とこそ思はめや真夏の山の雪崩の叫（おら）び

昼光（ちうくわう）にむずつく山か氷塔（セラック）の崩れ落つるは嚔（くさめ）のごとし

天空の風渡り来て岩の要塞の針峰（エギーユ・ド・ロッシュフォール）へわれを歩ます

真向へば斬りかかりくる雪稜の空の領地を奪ひ取るなり

存在のたまゆら一つづつ刻みわがアイゼンは氷壁を嚙む

オーヴァーハングの下にて待てばカラビナに伝はりてくる来いといふ声

蒼穹に重力あるを登攀のまつ逆さまに落ち
ゆくこころ

アトラスの肋ならんか白炎の氷雪回廊(クーロワール)を憑
かれて登る

我が足よ雪の峰々つらなりて天の果(はたて)に怒濤
をなせり

大空を牽きてザイルのくれなゐの色鮮やか
に懸垂下降

標高四六三四米
碧天を撫づる雪庇(せっぴ)のたをやかにかくもいざ
なふモンテローザは

雪解けの水のドレープひらめかせ色目をつ
かふ沢の岩たち

くれなゐを闇にしづむる雪嶺よ眼を灼く山
の一切放下(はうげ)

山塊の漆黒犇と抱きしめて氷河は夜も光り
てゐたり

アイゼンの紐を締めつつ山小屋の灯(あ)かりを
星のひとつと数ふ

その胎を黄道光に開かれてしらしらと夜は
転身を遂ぐ

天涯に齧りつかんと岩峰の群勇みたつ薄明の道

渇きたる喉から腕が出て岩を苦しさか嬉しさかとにかくも攀づ

天穹にふかく浸かりて聴きゐるは宙（そら）を支ふる山々の黙（もだ）

標高四四七八米

前線の翼に空を洗はせて山は高さを新しうせり

天上の風に嘶（いなな）く絶巓かヘルンリ稜になびく雪煙

指先がムラサキに変はりてゐたり気を抜けばたちまちに拒まる

岩尾根の氷の花を打ちはらひマッターホルンを組み伏す我ぞ

氷壁に張りたるザイルびんびんと我が押し上ぐるいのちの高み

アオスタの明るき谷を眸（まみ）に吸ふスイス側より山頂に来て

標高四一二二米

アルプスの瀑布の太刀を目に収め天の硬度を確かめに行く

月光に燥(はしや)ぎて先をゆく影のわれを抜け出てしまひさうなり

緑の針峰(エギーユヴェルト)その絶頂の真上なる北極星に牽かれて進む

脊椎に月しろのかげ染み入りて傾(なだ)りに深くピッケルを刺す

受け入れてくれよと念(も)へばホールドのごく小さきが目配せをせり

暗闇にひそむクレヴァス渡るときわれほの白く発光せんか

枢機卿以下いくつかの聖職の名の峰つらねエギーユヴェルト

永遠を穢す行為と思はねどアルプスの山巓を踏み付く

蒼天の雫たるべし岩かげに山殺(そ)ぐ風を見送る我は

全ての肉すべての骨の意志として花崗岩のこの岩塊を攀づ

太陽の耳を噛みたし頂に辿り着きなほ渇きゐたるを

光冠

ガウディの海垂直（カサバトリョ）に凪ぎてをりバルセロナ夏グラシア通り

闘牛場（モニュメンタル闘牛場）に死にたる牛の黒点と光冠（コロナ）なす観客の歓声

聖堂（サグラダファミリア）は永久（とは）に完成するなかれ我らは常に開かれてゐよ

水の宙（そら）

エイラット（イスラエル）
肉身に空の青さを移しつつ冴え冴えと朝覚むる紅海

海を割るわがジャイアントストライド水の欠片（かけら）として受け入らる

皇帝天使（エンペラーエンジェル）といふ別名をタテジマキンチャクダイは持つなり

わが吐きし息のふるへる銀粒（ぎんりふ）を目に追ひながら海面（うなも）へ向かふ

ぬばたまの黒のみの海　電源を切れば消え
去るホモサピエンス

シャルムエルシェイク（エジプト）

甲板を蹴つて我はや海の中　鬼糸巻鱝(マンタ)！
誰かが指さす方へ

はぐれたるマンタへうへうらうらうと　わ
れは応へて流木になる

外海に近づきながら降りゆけばバラフエダ
イの薔薇色の壁

八万由旬(ゆじゅん)の山を乗せたる大亀の末裔は点と
なり消えにけり

波の間に砕け散りたる日輪の元のすがたに
戻りてゆくを

トゥブカル　アトラス山脈（モロッコ）

マラケシュの喧騒を去りみんなみへ未だ見
ぬ山は砂塵の彼方

ミントの香まみれの爺も乗り込みておんぼ
ろバスは山道に入る

ベルベルのメルセデスなるロバの尾を分けてくれたる人と牽かるる

谷ひとつ隔つる尾根ゆ山羊の声たまゆら水の音を絶ちたり

あしひきの山と月との語らひは胎のなかにて聴きしことあり

山影を出でて光の槍を受くたちまちにわが太き歩みぞ

アトラスも大家族なり登るほどに次々に顔を見する峯々

トゥブカルと思ひし山のうしろにまた山はあらはる奥手な奴め

山頂への最後の直登　心臓が躍り狂つてゐる生きてゐる

いただきを踏みてサハラを望みしより遠くはじまる新しき旅

鉄の爪（クランポン）効かせて駆くるトゥブカルの壁は雲海へのジャンプ台

へとへとになりたるわれを村はずれの大き胡桃の木が抱き取りぬ

トロンプルイユ

ユーラシアの新しき貌ユーロ圏西の端には
葡萄牙あり

みなもとへ大河逆流するごとし独仏伊国の
金利差ちぢむ

天井にトロンプルイユある部屋で国営企業
の決算を聞く　オテル・ド・クリヨン

あまかぞふ大商ひの株相場されど日本の資
金少なし

抱擁　ヴェルコール山塊（フランス）

晴天に胸を開きてしろたへのモンテギーユ
の岩壁迫る

文月の陽を吸ひにほふばかりなる石灰岩の
柔肌を攻む

岩に咲きたちまち乾く汗の花　山の熱受け
わが熱返す

いちめんに白百合揺るる野原なり垂直の壁
を攀ぢ終へたれば

ヘルメットをリュックに収め山裾の風を手首の擦り傷に巻く

春　秋　　キュー植物園

地が天を抱き返すべく大樟の雨後の貪るばかりの緑

全方位に張りたる枝の撓めども地には触れざる力　樫なり

ほのかなる臍のまはりのふくらみの狂へ狂へと夕顔の花

おほぞらに一年かけて開きたる秋のプラタナスの大花火

空中に鶏卵千個静止せり息を凝らしてゐる白木蓮（マグノリア）

雨上がりの石楠花小谷（ロドデンドロンデル）に来て一糸まとはぬ空気を食（たう）ぶ

転生を成したる者か水無月の楢の若木が舞ふ青海波

天の川その身を宙に横たへて射手座あたりの腰のまばゆさ

霧　スコーフェルパイク（イングランド）

こひびとのわき腹さすりやるここち霧のおもたき草原をゆく

地中より溢れやまざる水音に擽（くすぐ）られつつガレ場を下る

山霧の去ればきりりと影法師立ちはだかりてわれを逃さず

草枕旅の時間を金で買ひ何を納得したいのか我は

アトス　ハルキディキ半島（ギリシア）

女なれば牛馬さへも拒む地に異教徒のわれ許可されて入る

エーゲ海の朝のブルーに絞られてアトス滴るばかりに聳ゆ

穹窿（きゆうりゆう）に聖者の後光ほつほつと　放たれてわれは一匹の虫

子と描（か）かれ初めて意味を持つといふ　マリアひとりのイコンのあらず

坂を登りきれば真青き海ひらけ眸よりぬくき靄が出てゆく

ひよろひよろの影がもう折れさうになり今夜の宿の僧院に着く

松林（しようりん）に霧立ち籠むる静けさの身ぬちに沁みてウーゾの甘さ

異教徒はなべて業火に飲まるると微笑みながら説く若き僧

いかめしき貌の僧にも亜麻色の葡萄の房のやうな顎鬚

ぎりぎりと日輪が牽くわたつみの紺青の壁立ち上がり来る

岩陰の花々どれも真摯にてうつむきがちの顔上げ歩く

やうやくに雲を抜け出て頂上の直下巨岩と
会釈をかはす

水平線吸ひて泡立つ天穹にわれを浮かぶる
聖なる山(アギオンオロス)

オリーヴのうすみどりいろの蔭に入り心ゆ
くまで気化してをりぬ

四日ぶりのウラノポリ港埠頭にてまづ目に
入るるをみなの姿

雑草

無境界(ボーダレス)、泡沫(バブル)、強気弱気(ブルベア)、高ベータ値(ハイベータ)、破
裂音［b］に急(せ)かされながら

女の子何人ゐると問はれたりアシスタント
の数のことなり

キングウィリアムストリート
償還権付債券(コーラブルボンド)と駐在員の価値軋みつつ今日
も金融街(シティー)に通ふ

会議遅く終はりし部屋のシャンデリア眼鏡
を取れば木漏れ日のやう

いつぽんの樹の無駄死にが確定す一部屋分の書類捨てたり

やはらかき数の最もやはらかき部分をなせる解雇予定者

握手（シェイクハンド）しながら殴り合ふ心この野郎目が笑つてゐない

法務（リーガル）の論理の壁に囲まれて晴れ間のやうにサイン欄あり

またお前は日本を主語にしてゐると指摘されつつ三杯目（パイント）

合理化のゴールが見えて合理化の担当者にも解雇の通知

また生えて来いよと庭の雑草を抜く朝（あした）なり出国の日の

アグン　　バリ島の寺院はアグン山を模す。

雨雲をアグン山（グヌンアグン）は振り払ひ入道雲と相撲をはじむ

ビニール袋いっぱいの供物(チャナン)購ひてブサキ寺
院の裏門を出づ

霧雲の腰布(サロン)の内を登るのみグヌンアグンは
頂見せず

大犬座子犬座が気持ち良ささうに大海原に
放り投げらる

たまゆらに夜空一点輝きぬ我を狙へる星あ
るあはれ

いつもながらのわざとらしさが嬉しいぞ霧
晴れてさらに高き山頂

II

若冲

正徳六年生、寛政一二年没。

粘液かあるいは雪かその白き中へ落ちゆく
大雁の首

くねりながらうねりながら指を成しながら
鷹を収むる梅の老木

カマンベールの黴のやうなる雪積もり水仙
の葉は蠢きやめず

若沖の鯉魚は飛びあがる形にてふてぶてしき黒きもの聳立す

松が枝をわし摑みにせる白鳳に女人の目見（まみ）を持たせたりけり

瓢簞の青きを締むる繊き蛇　若沖一生娶らざりにき

アンドロメダ大星雲が若沖の厚物咲の菊となるまで

メヒコの青

シトラルテペトル（オリサバ山）

月読はなべて地上を青く染めわれさへ山と等しく置かる

標高五千メートルの肩すつぴんの夜空が頬を寄せ来たり　休む

手に触るる黝（あをぐろ）き空　午前八時　星の山（シトラルテペトル）の頂を踏む

腕伸ばすポポカテペトル抱かるるイスタシワトル雲上に居り

下りゆけば容赦なく我を絞り上ぐ日の鏡なすハマパ氷河は

トラチウアルテペトル遺跡

文明ひとつ死にて廃墟の神殿のうへに乳首のやうな教会

コスメル島

天使・山羊・蝶・鸚鵡(あうむ)・栗鼠(りす)・蟇(ひき)の名を持つ魚ら犇きて棲み分く

しろがねの幹なし葉なす息の泡ひかりの海に樹を生むわれか

雷龍国

寺院かと思ふばかりの給油所を右に曲がりて仏塔(チョルテン)に着く

虎を追ふ虎より大き男根の壁画ありたる家の正面

十日祭(ツェチュ)

列となり輪となり若き男女らが時間の軸を外してゆけり

夕まぐれ村人らのみ残りゐてふたたび歌のはじまる気配

チョモラリの峰頂ふふむ天心を見霽（みはる）かすなり　我在りて無し

雷龍国（ブータン）を去る日のあした水いろの芥子を女神の山にもらひぬ

原　景

誰か我が底を打たぬか垂直に潜る抹香鯨のやうに

留年を覚悟の上で出立す世界失ふ予感したれば

上海に着きてその日に雲南へ　空間に囚はれてはならぬ

大陸の列車は暮らすものと知る日に日に床に増ゆる生ごみ

摘みたての大麻の煙あをあを彝（イ）族の楽（がく）に宇宙浮き立つ

追はれゆく羊の群を真横から飲みて吐き出す白雲の影

薄墨の小川に洗ひたるシャツを叩(はた)きフンザ
の雲母(きらら)を散らす

「我々をゲリラと呼ぶな」聖戦士(ムジャヒディン)クエッタ基
地のアブユーセフ氏

聖戦(アル・ジハード)モラトリアムのわが前を颯爽と死に
に行く同世代

おお地球に呑み込まれたぞ砂嵐の中をひた
すら列車は進む

旅先の見知らぬひとの幾人(いくたり)か見知らぬわれ
を泊めてくれたる

尖塔ゆ空の底ひへイスファハン根を張りて
ゆくコーランのこゑ

旅にのみ己は在りと信じをり二十歳ユーラ
シアを横断す

水　輪

古生代シルル紀末の海水に妻はわが子を泳
がすらしも

心臓の動きも見ゆる四月目の自称へうたん
女と笑ふ

変調をきたす子宮の意と知ればやや親しみ
の湧くヒステリア

ふかぶかと妻の送りし大波を乗り切つて吾
子空気にむせぶ

をみなとはやさしき鎖　臍の緒を切られて
乳にすがる他なし

母（ママ）・乳房（マンマ）・私（マイン）の物と続く流れよりはみ出す
父か否屹立す

響き合ふいのちの水輪うつしよに吾子のみ
なわのひろがりはじむ

膳

焼き茄子のへなりへなりとなりし身よ最初
から無き答とおもふ

すぎゆきはさらさらさつと狩野川の潤香（うるか）の
ことも忘れたりけり

冬祭　天龍村坂部。旧名左閑辺。

二時間を舞ひ通したる少年の顎(あぎと)の汗に神は来てゐつ

歌楽(うたぐら)の波のうねりに舞殿も杉の木立もゆたにたゆたふ

火を切りて水生れしむる鎮め様(さま)そのしづけさに縛られてゐる

持つ者は捨てよ捨てよと百重波(ももへなみ)頬にたたふる翁は言へり

燃え尽きし椙の白さに重なりぬ杉の間より風花は来て

火伏せもて生まれ清まりの式終はり万有己(おの)が姿に戻る

凧

糸目式

真新しき六帖凧に開くる穴、天睨む目に糸を通せり

親糸を結ぶは父の役目にて遠州の大空を引き受く

凧揚祭

初子（はつご）祝ひに必ず揚げろ風なくば転機（テギ）もて凧を溺れさせまじ

青天の陣地大方定まりて低き凧低きまま入れ替はる

浜松に生れ育つてからつ風凧もて空を引き摺り下ろす

引き弛め糸を切り合ふ駆けひきの勝ちを味はひ負けを楽しむ

軍手取れば血豆が三つ五月晴れの青一枚の重さを曳けり

激練り（げきね）に声の涸れ果てたるわれら叫べども叫べどもひそひそ話

抱きついて只泣く熱の塊よお前はお前から抜け出せぬ

覚　書

自分自身を突き放し、普段とは違った環境に身を置く。日常生活における人間関係や利害関係から一時的に解き放たれ、精神的に裸になった状態で、本当の世界の姿を感じたいのだ。そのために条件が許す限り旅をしてきた。

言葉もろくにできないくせに、当時まだ日本語のガイドブックのなかった国にも行った。目的地を訪ねることより、移動し続けることの方に興味があった。周りの空間を変えていくことで自分を新鮮に保とうとしたのか。それとも一つの空間に留まることがただ恐かったのか。

今は時間的に長旅は出来ないが、さんざん浪費したおかげで、旅とは、西アフリカの歴史的都市であろうと一幅の水墨画であろうと、その対象を通して自分を見詰め直すことだという考えに至った。自分の内側に、如何に深く潜って元の地点に帰ってくるかで旅の価値は決まる。

短歌に興味を持ち始めたのは、会社員になり社会人生活に慣れ始めてきた頃だ。自由にできる時間が劇的に少なくなり、自分を投影できる何かを探していた。そして短歌という己を客観的に見つめ得る器と出会うことが出来た。時間的にも空間的にも制約の少ない短歌の柔軟性は、常に何かの役割を求められる生活の中で、自分と世の中とのバランスを取るのに適している。

その時その場所に存在した自分を歌の姿に移し替えて過去にケリをつけ、世界の中で今自分が立っている位置、また立つべき地点を確認していく。それが私にとっての作歌である。一首一首が、五七五七七を五体とする私の分身なのだ。

この歌集を、過ちも傷も含め彫り直しの出来ない墓標とし、私の新たな出発点としたい。

本歌集は、主に一九九七年夏から二〇〇三年夏までの作品を収める。

Ⅰは海外詠。一九九六年に証券会社の駐在員としてパリに赴任してからのもので、滞在した国ごとに構成した。ⅰはパリ（一九九七年〜九八年）、ⅱはロンドン（一九九八〜九九年）、ⅲはシンガポール（一九九九年〜二〇〇〇年）。

Ⅱは、日本帰国後のもので、ⅰは転職前までの一年間の作品。ⅱは、上海からアテネまでユーラシア大陸を横断した大学三回生の夏休みを回顧して作った。ⅲは転職後長男が一歳になるまでのものである。

表記は基本的に歴史的仮名づかいだが、意図的に現代かなづかいを使用した箇所もある。


上梓にあたり、御多忙のところ佐佐木幸綱氏、栗木京子氏、小池光氏に栞文を頂戴した。衷心より感謝申し上げる。

歌のみならず歌に対する姿勢をも培かって下さった「短歌人」の皆様には御礼の言葉もない。とりわけ故高瀬一誌氏と大先輩小池氏の御恩は忘れることができない。

また、我儘に逐一応えて下さった本阿弥書店の池永由美子氏に感謝の心を伝えたい。

そして私個人の時間を作ってくれた家族よ、ありがとう。

二〇〇三年十月十六日

本多　稜

『游子』（抄）

平成十六年

プロスペクタス

みづからの影抱き寄せて着陸す答ふるまでもなき問ひのごと

大陸の風に胞子を飛ばさむとぶ厚き株式発行目論見書（プロスペクタス）を積む

やり直しはまだ効くだらう効くはずだ　三日で取れし吾子のかさぶた

踏　切

ブナの木にブナのことばで話すらし枝きれを児は返してやると

武蔵野の朝の開かずの踏切は開かずともよし子と父われに

大陸の初夏

泰山

岩岩に文字を刻みて厳めしくまた痛ましく
聖山はあり

岩ばかり見てゐしわれか麓よりふり向けば
万緑の泰山

蘇州

おそらくは同世代なる美しきをみな見事に
手鼻をしたり

楽山

断崖の道を行き交ふ人に触れ岩に還りてゆ
く仏たち

峨眉山

一枚の枯葉が立つてをりにしがぱかりと割
れてオレンジの蝶

張家口

上役が勧めし煙草みな咥へ火を付けてから
会議始まる

電動の円卓回りやまずなり乾杯（カンペイ）は誰か倒る
るまで

瀋陽

殴り書きの「拆（チャイ）」の字壁にこの街も片つ端
から建て直されむ

天平

勢ひを増しつつ南寄りの風雲取山が雲吐き出すぞ

雨粒の最初の一つ頬に落ち足早むれば樹々は囃せり

生れたての空気を吸つて汗を出す歩きつつ樹になりゆくこころ

喝采の湧く瞬間のかがよひの楢の若葉よ天平（でんでえろ）尾根

渚

子の髪が最初に乾く風呂上がり五月の夜の闇をはじきて

みほとけのごときひとみとなりながら飯を食ひつつ眠りに落ちぬ

むしやくしやしたる時はわが子を胸に抱き美しき青きドナウを踊る

マンタ

川平

珊瑚がりりと齧る魚に近寄ればましろき糞のシャワーを降らす

慌てて肺を縮めて沈む一枚のわれより大きマンタ来たりて

London-Paris

台風とすれ違ひつつロンドンへ決めねばならぬ契約ひとつ

腹いっぱい朝飯食ひしごときかな会議の前にルーヴル見しは

焼きたてのクロワッサンをちぎりつつ別れ話もなくわかれたり

甲斐駒

思ひきり傾ぐ無人の山小屋が土に還りたくて仕方なささう

登るほか何も出来ねばもろもろの用なきことを思ふはたのし

膝の皿きしみつつ否締まりつつ四肢が私に戻り喜ぶ

針葉樹の尾根に小さき空が見え登り登りてその空広ぐ

滝の水落つる音のみ耳を占め谷は空気の集まるところ

何ゆゑにこんなところで声あげて男泣くやと見れば雷鳥

揺　蓮

昆明

米欧日の投資家つどひ昆明の池の蓮の揺れやまずなり

中国経済発展会議

成都

朝飯は粥と油条（ヨウティアオ）外人と悟られず終へなんとなくうれし

蟋蟀の家もベッドも売られゐて閨房術の指南もありぬ

お月さま

家はどつちと問へば指差し「お月さまあ」さうだね月に寄り道してこ

頭（づ）を垂れて腕（かひな）のなかに甕となる吾子の眠りを抱へなほせり

赤道アンデス

Cotopaxi

急斜面を包みて積もる粉雪にわがアイゼンはぼろぼろの鰭

コトパクシが決めたることと思ひたし山頂を目の前にして去る

Illiniza

いつまでも動かぬリャマに近づけば雲の中
から岩とケルンが

脳（なづき）やや脹れてゐるや山頂に被さる雲がわが
首を締む

ウミウチワ、ソフトコーラルなにゆゑに五
千メートルの高度に生ふる

氷河まで追ひやられたる草々の珊瑚のやう
なかたちとやはさ

アマゾン源流

太き丸太満載のトラック抜かむとし濃き排
ガスに視界うしなふ

ひさかたのアマゾンといふ大扇その要（かなめ）にて
足を浸せり

ガラパゴス

Isla Santa Cruz

フンボルト海流クロムウェル海流ぶつかる
島にアシカもカメも

Isla Floreana

飛ぶことをとうに捨てたるペンギンと今の
仕事にこだはる我と

Isla San Cristóbal

わが船は水平線を上げ下げす荒き波にも幾分慣れて

Isla North Seymour

太陽は海を離(か)れつつ溶岩がウミイグアナに変はりてゆくを

それぞれの旅路に今は重なりて国籍違ふ十人(とたり)と船に

知らずして寄ればぶしつと潮を吹き石ぢやないんですけどとイグアナ

平成十七年

青　錆

丘の街(リスボン)のカフェにて珈琲(ピッカ)一飲みにまだ眠き身にスイッチを入る

リスボンに屏風絵(ビオンボ)見をり南蛮の船が黄金の浜に近づく

リスボンの港を発ちし船の帆の丸に「や」の字よ　まるや　マリヤよ

凍て空（パリ）に青錆冴えてバルザック750cc（ナナハン）二台
従へて立つ

大理石（マーブル）にカミーユ惹かれゆきにけりロダン
との恋断ち切りしのち

鯉のぼり

パ行音まだ言へなくてピンポーンと鳴れば
まんもーんと教へてくれる

「早く食べなさい」「だってこんにゃくがお
口のなかでけんかしてるの」

「あかちゃんはおるすばんだよお母さん鯉の
ぼりのなかでお昼寝しよう」

凧

「仕事なんていいら食えりゃあいいだもん
で」今年も思ふ祭二日目

遠州灘を引き上げてゐる手応へだ凧糸ぎりりわが掌にぎりり

弟の長子の凧のぐんぐんと今いちど空を覆はせてくれ

初凧をすべて揚げ終へ握り飯「けつの穴がひらくほど美味え」「うめえな」

酒樽は抱きかかへ飲み干すものぞ施主に続きて若き幾人

薔薇園

朝一の仕事は壁を崩すことニューヨークからの未読メールの

薔薇園に番号のみの花ならび受賞作のみ名を与へらる

にんじん

こゑたてず目をそらさずに一すぢの泪ながしてゐたりこの子は

にんじんを口に運んでやりたれば眠い眠いと言ひだす子かな

公園の夕日に染まり自転車は駱駝となりて父と子を待つ

水無川本谷

ねぶるがに水のはだかを見つめをり我が摑むべき滝の節ぶし

最上部はオーヴァーハング　身を重ねたまゆら滝となり滝を越ゆ

滝の上にやうやく出でてシャツ脱げば胸に掠り傷のキスマーク

丰

パスポートをあと二三冊印で満たし何処へ
もゆかぬ心を得むよ

鶴見岳

天近し山くれなゐに秋たけて火男火女（ほのをほのめ）と盃
交はす

南下

バンコク
古式（ぼーらーん）なる按摩（ぬあっと）のたなごころ漣なしてわれを
ほろろぐ

海老反りにされてゐたれど新しき虹となり
たる気分のわれは

シンガポール
なにもかもありてなんにものこらぬをひと
とあそびて肉骨茶（パクテー）をくふ

ムンバイ
石窟の空気は闇に息づきてシヴァの妃の水
甕の胸
エレファンタ島

バンガロール
みんなみへインド大陸行くほどにまるくなりたる文字（もんじ）と時間

アグラ
アグラーの駅の子供の物乞ひは肉付きよくて笑顔すら見す

デリー
道端にサリーの淑女あらはれて頭に煉瓦十余り載す

サルナート
天竺の梵語は熟れてjaghanacapalā（腰を振りあるく淫女の韻律）いかに

ヴァナラシ
昼の陽に川面も岸もガンガーは溶けて己も消ゆるまぶしさ

黒き山ながれきたりて目の前を牛の死骸がゆったりとゆく

薪と骨見分けつかなくなるまでを燃やしつづけて恒河（ガンガー）けぶる

恒河沙は砂といふより粉と知るほのあかりせる限りなき白

銀鏡

いつの世の村人かわれらうつつとの境に眠しねむし夜神楽

小さくとも折つてはならぬ大根ぞ豊磐立命（とよいはたつのみこと）の股のぶらりは

雑炊の猪の毛穴の舌触り銀鏡神楽を見終へたりけり

平成十八年

冬富士

新雪を漕ぐに疲れて先行きし踏み跡を踏み高きへ登る

心臓を護らんとわれ末端を捨てんとすや指に感覚はなし

九合目堅く締まれる雪肌をわがアイゼンは泣かせてゐたり

一口で平らげるがに太陽は一瞬にして雲海
を染む

神楽坂

摺り足に黒の引着のさざなみを立てながら
来てとなりに座る

白扇をぴたと止めたる三味線の酒の味をも
締むる一棹

うなじより背（せな）へと落つる白塗りのあかるき
闇に導かれつつ

寝相

いろかたち様々な靴玄関をうづめつくして
祖母の正月

画数の少なき文字の大方は書きしよ家族四
人の寝相

皇帝ペンギンの厳かさもて三歳のわが子が
歌ふ夕焼け小焼け

水位

次男一歳半

新幹線マニアの一歳半の子がまづは「し」
と「せ」の文字を覚えつ

ふた月もたたぬ間に「お」が「おと」に「お
としゃん」となり辛夷が咲きぬ

水を巡る旅

凱里

舞の輪の幾重も開き村ごとにわづかにちが
ふ太鼓のリズム

てきぱきと銀の飾りを外されて娘は母の前
に小さし

青海湖

青海湖の渚をはさみしろたへの仏塔と魚雷
発射実験基地

ぐるり

会ふたびに微笑を作ること強ひるウォール
ストリートといふところ

花を手に待つ人多き空港をでてワルシャワ
の旧市街（スタレ・ミャスト）へ

共産党本部なりしが電光の株価きらめく
証券取引所（エクスチェンジ）に

夜行便（レッド・アイ・フライト）の常オムレツを胃につめこんで
本多氏を起こす

越南

ホーチミン

むわんむわんドリアン匂ひベンタイン市場
入口に吸ひ込まれてしまふ

ハノイ

絡み合ひ横に這ひゆくガジュマルの否電線
のハノイの市場（いちば）

香山

水田の中に墓ありその脇に早苗を置きて田
植ゑしてをり

かき氷

長男はロケット次男はパラシュート葉月初めのある夜の寝相

ぼうたんのうすくれなゐのこんもりと「かき氷の花がいっぱいだよお」

Blue Mountains

自らの文字持たざれば持つ者に一方的に消されし歴史

滝、ゆらと振れて霧風生まるるを見たりたちまちわれの濡れたり

幾たびも崖の棚から崩れ落ちまた生れ初むる天空の沼

hanging swamp

残圧計

ビンタン島

異次元を時に欲する体なり耳抜きをして
残圧計(ゲージ)たしかむ

吸へば浮き吐けば沈むをたのしめどほど良
く浮かぶことは難し

わたなかをおもひのままに伸びながらおの
が重みに崩るる珊瑚

ムシャーマ

大旗(ブーパタ)に弥勒の実(ミルクナーリ)にミルクさまミルクの子(ミルクンタマー)に
五穀の籠(カンゴンタマー)持ち

ベビーカー押しておばあが見にくればミル
クは面をあげておしやべり

波照間の獅子退場すカメラ持つをみなの尻
をかぷりと咬んで

黒　牛

腹取りをもろに受けたる牛の顔おろおろと
泣くのみの子に似て

タリバン対南星花形の戦ひは勢ひでタリバ
ンが勝ちたり

負け牛の鼻腔をぐゅぐと鷲掴み縄に括られ
巨体しぼみぬ

泣き相撲

生子神社

新しき天地（あめつち）なりて四方（よも）に幣　子を待つ土俵
まだ濡れてをり

われ在りとその声天に響かせよさあ泣けと
子を力士は掲ぐ

東方へ

パリ
第一芸術(アール・プレミエ)の美術館の列にわれも並びパリに
見てゐるAïnouの衣装

ブカレスト
「禁欲税」おしすすめたるチャウシェスク国
に孤児増え倒されにけり

東洋人ひとりだけなる会議にてしやべらね
ば塑像とまちがはれさう

キエフ
逆立ちのИ冠のФたちのキエフ知らぬこと
多しうれしき

タリン
雲低きタリンの港ウミネコの声と重機の音
が調和す

ヘルシンキ
カレワラの国の岬の潮風にその頭韻をとら
へむとして

モスクワ
きけば「ゐ」と同じものらし「Б(ヤッチ)」とふ文
字がロシアにありにしといふ

北京
蟈蟈儿(キリギリス)小さき容器に入れられて鳴くほかは
無く鳴けば売れゆく

重慶
コンクリートの屋根がまた増え絞らるるご
とくに旧き瓦の家は

終南山

玉蜀黍と唐辛子の束が地に届くほどに干さ
れてあばら屋の宮殿

西安のムスリム街の柿まんぢゅう仲麻呂の
碑をふたたび見たり

どだどだ

妻が押さへ母が励ましわが箸のハクサイは
子の口に入りたり

父を生き夫を生き管理職を生き僅かにわれ
を生き時間は　瀧

メルー山まで

アディスアベバ

カタコトの英語の会話はづむはづむおもむ
ろにわれ小枝歯ブラシ（メフィキア）出せば

執拗に明日の予定を聞いてくる見知らぬ人
も旅の日常

バハルダール

雨やまぬぬばたまの夜を身ぬちよりぽぽと
灯せる橙の蜂蜜酒（テジ）

日本の田植ゑ歌など思はせてバハルダール
の葬式のミサ

ラリベラ

夜明け前牛連れ里へゆく人と学童たちと交
はす「平和（シャラーム）」

アビシニアのヨルダン川のからからに如何
にかありしランボーの喉

アルーシャ

こんにちは（ジャンボ）、こんにちは（ジャンボ）と声をかけながら
メルーの腹をゆっくりゆっくり（ポレポレ）

風起こし湧く白雲に消えにけるアフリカ大
陸の山のシエスタ

帰りには空気の甘き海へどぶん、などと想
ひて高度を稼ぐ

単調な登りになると立ちはだかる夜中の尾
根の睡魔とふ巌

タンザニアの月夜の道を先立ちて影いきい
きとわれを導く

月しらみ星々は消え太陽が妻子追ふごと今
出でんとす

果（はたて）よりひかり湧き来る黝（あをぐろ）き岩塊に血を通はせながら

コイツを越えれば頂のはず霜を噴き霧を飛沫と散らす稜線

山頂直下力抑ふる必要なし鼓動のフォルティッシモのトレモロ

絶巓に立ちてわが掌にアフリカのみどりを映す空を持ち上ぐ

あとがき

歌で世界を整理し、自分のうちに取り込もうと試みてきた。世界は美しい歌で満ち溢れているはずなのに、なかなか捉え難い。それでも歌のある場所に導かれ、歌を得てきたが、過去三年間の作品を振り返ってみると、取り込み得た世界が如何に小さく浅いものかを感じるばかりである。でも、それだけ自分を理解できたということにしておこう。歌がもっと生きてみろと言っている。

平成十九年十月十六日

本多　稜

『こどもたんか』（抄）

0

生　誕

産院に先に向かいし妻を追う　脱皮しそうな満月である

「舟を漕ぐように力むといいですよ」汗ばみて今わが妻は海

キスの音かとも思えるくしゃみしてひとつこの世のスイッチを押す

新入り

妹の前で兄さん転んでも「目薬の代わりに」涙を流す

おっぱいを僕も欲しいと照れながら三歳は言い五歳は言わず

考えに考えて聞く「おちんちんおなかのなかにわすれてきたの？」

にこ毛

あやしつつ仕事のことを考えておればにわかにぐずり泣き出す

いっせいに背なかのにこ毛抜け落ちぬ生（あ）れて最初の満月の夜

猫のおばけ

だめでしょと小突きしのみに母さんが猫のおばけになったと泣きぬ

いっぱいいいっぱい抱っこしたから降りようね　みーんみーんと泣き出す次男

たんこぶ

オムライスのなかに隠れてるんだから僕の
お布団取らないでよう

ううーって右に曲がってあひょーって行く
といつものところに着くよ

すってんころりこつんと打ってたんこぶの
大泣き虫だ　からり冬空

このお皿割らないからと言いに来つ半年も
前に叱りしことを

もぐりたくても潜れぬ海のあるごとく眠り
に入れぬ子をあやしおり

この世の終わりかと思わする顔をして鼻を
かむなり三歳の冬

初めての寝返り

ポケッとしてにっとわらった　初めての寝
返りのこと父は聞くのみ

いもうとのとなりに寝ると争いて夜泣き三重奏とどろきぬ

すべり台

ピカピカに洗ったからじっとしていてね父われの背をすべり台にす

ぼく土の中でじいっとしてたんだ父さんと母さんが結婚するまで

三時まで待てない死んでしまうから虫歯の味がするやつをくれ

ワニ女

三歳の弟が大泣きしてやりぬ注射打たるる妹のため

ソファーから杭のごとくに落ちたれどくんにゃり曲がりそして這いだす

ワニ女を追い駆けようと這い這いのむすめに続く長男次男

ほけほけ父さん

フツーに壊れたと繰り返すのみ問いつめてゆけば本泣き泣き負かされつ

「ほけほけと新しいおもちゃ出してきてあなたが子供をダメにしてゆく」

聞けよ父は何でもなんでも出来るのだ母乳をくれてやる以外なら

水無月

ほうたるやたまゆら光り子とともに過ごす時間の幾ばくかある

芯

アンドロメダ大星雲の生成をむすめの髪の伸びに見ており

胴体に芯生じたり生(ぁ)れてはや十二の月を数えんとして

うなばらを駆くる一羽の飛び魚か這い這いの技極めし者は

大泉門指さきほどにちぢまりて娘初めて歳ひとつ得つ

1

歯ブラシ

立つというよりは浮かんでいたるかな　あんよ、あんよ、あんよがじょうず

尊敬のまなざしでわが歯磨きを見つめおるなり腕に抱く子は

数億年ひかりと水は待ちまちて今わが前に娘在らしむ

P

棒立ててぶったたくとねほっぺたがぷっくらとしてPになるんだ

秘密基地

パンケーキの真ん中まるく穴開けてCDプレーヤーに入れてくれたり

てのひらの重なる部分増えてきてぐんぐん父に近づく子たち

秘密基地まで連れてってあげるからオレのお手てを離さないでね

木枯らし

叱るべきことは叱りてわが胸にきつく抱きしむ外は木枯らし

ああやって光ってるけど星さんもひとりぼっちで帰るんだよね

スルメ

ラ行音多き言語をものにして世界に声を掛けはじめたり

一歳を過ぎて咥えっぷりのよさ　あわれ乳首をスルメのごとく

みどりごの心は空を飛びながらガタピシガタピシあるいて来たり

白ひげ王子

朝顔の種の発芽の早送り見ているようなある日の寝覚め

もう少しジュースちょうだい大粒の涙くらいしかまだ飲んでない

膝に乗せ昔話を読みおれば「やれやれ腹が空きましたのう」

丸坊主ましろきひげの光るなりミルク飲み干し五歳のにこ毛

ことばが生まれる

すっぱだかの母音にすこしずつ喉の力がついてアイからハイへ

面構え

壊したる父の眼鏡の数をひとつ越えて次男は五つとなりぬ

項羽はた劉邦かこの隈取りは　泥合戦の子の面構え

カブトムシ

カブトムシ取りにいくぞとささやけば寝ぼ
けながらに父に敬礼

ゲンゴロウ、ケラにタガメの泳ぎ方代わる
がわるに見せてくれたり

娘　論

仕事してる場合じゃないぞ知らぬ間に八分
咲きなるむすめの乳歯

抱き上げてむすめの涙乾くまで夕べの町を
あるいていたり

空の虫かご

ペットボトル親子五人で回し飲み世界最短距離リレーだぜ

チビなりしが野生のカブト或るあした蓋ずれていいて空の虫かご

2

ホモ・コドモタチ

名にし負う魔の二歳児よ笑めば歯が鎧のごとく生え揃いいる

青き角

ファイヤードラゴン！　出動っ！　にんじんが次男の口にようやく消えつ

ゆで卵丸呑みせんとして叱られて「だって図鑑で蛇がやってた」

嘘つきの心はどこと妻問えば都に行っておったんじゃよと

僕が乗ってて地球は重くないのかななんて次男が言い出して雨

たんこぶの次男のおでこ見事にてあおあおと角生えだす気配

ちゅぷん

ダンクシュート決めるがごとく玄関にわれを見送る二歳のタッチ

嗚呼ただの「何」になりゆく「これにゃんだ」の「にゃ」から小さき「や」がとれそうで

かあさんのクリームスープ覚えたてのスプーン（ちゅぷん）で食むはいかなる甘さ

ハサミノドン

サンタさんありがとぉーっと雄たけびを七歳はまだあげてくれたり

どだんどだん　どたっどたっどだっ　タッタッタッ　縄跳びらしくなってきたよ

こっぴどく兄が叱られおりたればちゅっちゅポッポと妹が来つ

門松を作るに飽きて子供らはハサミノドンにイネナガスクジラ

初　夢

おとうとが兄に乗っかり鏡餅その上にむすめ丸まってみかん

もぐもぐごくんもぐもぐごくんまだ餅を食えぬ娘が兄につぶやく

お臍からお湯を入れんとこころみるなぜなぜ顔の二歳のお風呂

ガンダムのごとくに父を鎧とし ゲレンデをゆく子の初スキー

雪解け

雪解けのごとくに「でちゅ」が「でじゅ」となる　子にさらさらのサ行音近し

「まめー、まめー」とはもう言いてくれぬなりことば覚えてきっぱりと「ダメ」

ネズミの歯

子分がさぁそろそろ欲しくなったからかあさんあと二人は産んでくれ

ネズミの歯ーと換えとくれっ　幾たびも投げて乳歯は空に消えたり

鯉のぼり

兄弟も皐月の空へ　より高きところ摑みて鯉のぼり上ぐ

男(お)の子とは絆創膏の多さかな棚に積みたる予備の二箱

結婚しよって言われてしまいましたよと夕食終えて五歳言い出す

階段にぶちまけられし教科書にあっかんべーをするランドセル

七憎ざかり

反応を確かめながら自らの世界ひろげゆく七憎ざかり

初めての山

ヤッホーと五歳叫べばやっほーと先行く人ら返してくれて

てきぱきと恐竜の名を切り株に根っこに付けて七歳の山

葉が隠しきれなくなると山頂と教えてやればば空見てあるく

夏休み

ヒラジェットなる滅茶苦茶な泳ぎ方　アノマロカリスみたいでしょ見て

富士山

ひょこひょこと自分の背より高き杖雲海を
背に父に追いつく

サンドイッチになっちゃったよう　吹き上
がる雲見上げつつ雲海の上

進まねば着かぬことよく覚えとけ頂はいつ
か自分の足で

アジ釣り

塩っぺえと子ら叫(おら)ぶなり初めての太平洋の
しぶきを浴びて

ハナダイもショウゴも釣れていさなとり海
のいのちを子の手に渡す

よく焼けろと魚励ます妹の瞳に青きグリル
のほむら

長男のシャツ

補助イスの兄と妹踊りだしわが自転車は楽車（だんじり）と化す

着替えんとして箪笥からシャツ取れば長男のもの混じりていたり

ま女

孫というおそろしき奴わが父をゾウやキリンに変身させて

泣いたって眠れば明日は明るい日つきのひかりの降る屋根の下

あとがき

子育ては発見の毎日。人生の復習でもある。子供の目を通して見る世界はなんと輝きに満ちていることか。その輝きを、ちいさな欠片でもいいから形のあるものにとどめておきたいと思い、短歌で掬ってみようとこころみた。五七五七七という五感どころか六感までも形にするこの機材を持たぬカメラで、一瞬の心の動きを言葉の器に収めておけば、それを好きなときに取り出すことが可能になる。おまえは実はこうだったんだぞと子供に聞かせたり、こんなこともあったなあと懐かしんだりする時がいつかあるだろう。

娘の誕生日から三歳の誕生日までの三年間を、0、1、2の章に分けた。主人公はこの娘と、その五つと三つ上の兄弟の三人で、各章は娘が生まれた九月から始まっている。妻と小さな子供たちと過ごした時間には数えきれないほどの感動があったはずだが、一つ一つ思い出せるわけでもなく、大方はすでに記憶の彼方にある。無数にあった時の輝きを、ごく一部にせよ短歌が閉じ込めてくれたことを嬉しく思う。

平成二十三年九月二十六日

本多　稜

『惑』（抄）

2007

水煙草

成り行きにまかせて迷ふ昼下がりスークの
カフェに吸ひよせられつ

水の音（ね）は涼し煙の沁みわたり身ぬち微かに
泡立つ水煙草（シーシャ）

幼子を生贄にしたるカルタゴと滅ぼしし者
に語らるるのみ

ハマメットからの商人も加はりてカフェの
話は中国（チャイナ）に及ぶ

点　景

パリ

さみどりの物体（オブジェ）が風にそよぎをり芸術橋（ポンデザール）の
ゴミ袋なり

ロンドン

石壁の隅にひよつこり顔を出しグリーンマンが笑まふ街角

サンクトペテルスブルク

プロレタリア独裁広場六番地　投資認可の説明を受く

フィレンツェ

酒抜けず朝の喉(のんど)に淹れたてのエスプレッソの灸を据ゑたり

黄山

天游と呼ぶほかはなき峰見上ぐ朱熹ゆきし河われも下りぬ

武夷山

あふれあふれ武夷のみどりは波打ちて岩峰は天に与ふる乳房

蘇州

居眠りをしつつ茶を飲みまたねむり柳枝にからむ評弾(ピンタン)のうた

長沙

生殖の器官もにぶく螢光にうかびて漢の王妃さらさる

湖南省博物館

シンガポール

高層(タワー)ビルごと雨の柱に呑まれつつシンガポールの会議は続く

美里

ボルネオの片隅にゐて詩華日報三面記事の熱門話題

バンコク

ココナッツミルクに潜むスパイスの永遠には殺しておく恋心

ハノイ

扇風機を背負ひて橋を疾駆するバイクを抜
いてハノイを去りぬ

プサン

尻ちよんとあげて空へと滑りだすヘリは韓(から)
国(くに)の造船所(シップヤード)へ

ソウル

白雲台(ペクンデ)に寝転び空を眺めをり張り切りて日
がゆくを脇目に

北漢山

世乞

よそ者のわれも参じて桟敷を　汗噴けば皆
塩を舐めつつ

銅鑼鳴りて立つたる鎌(がひや)の旗頭　稲の一年は
じまるあした

炊事場の婆のモップと戯るる船頭の櫂　み
るく世は来て

西表診療所前注射器を鎌に見立てて棒とた
たかふ

巡る家ごとにめでたき酒飲み干しわれ酒樽
となりてなほ行く

たましひの潮（うしほ）の渦を家々の庭にひきこみ
世乞（ユークイ）のこゑ

クレジットカードを爪に速弾きし爪楊枝も
てまたしんみりと

泡盛を水のごとくに飲みながら世果報（ゆがふ）の夜
は澄みゆくばかり

芙蓉

ざんざんと鯵の群れ飛び八重山の空と大海
原とを縫ひ合はす

エアを抜き落ちゆけばポと灯るがにわが浮
きぶくろ海にひらきぬ

土鈴からりからころからり海中（わたなか）にこんなに
もわが息はほがらか

永遠の芙蓉の花にまみえたり海の面（も）の陽を
底より見上ぐ

2008

元旦

年明けて遠州灘の流木の炎の竜は子らと戯る

「また来年」初日見終へて一年に一度のみ会ふ故郷の友ら

杭州の月

洞庭湖

一台に乙女四人がまたがりて畑の道を原付がゆく

渡し船のエンジンかくもけたたまし汨羅の河の風を消し去る

秦皇島

山海関はたより見ればタンカーを連ね伸びゆく長城があり

北京

友と来て生にんにくをかじりつつ鶏湯(ジータン)すする胡同のあさ

タクシーの中にも柳絮まよひ入り北京の春のわが身にも沁む

天津

横浜正金銀行(YSB)、香港上海銀行(HSBC)並び立ちYSBは交差点に聳えき

大連

広辞苑初版に載りし大連(たいれん)の「た」に濁点の付くまでを想ふ

広州

またの名を穂(スイ)と呼ばるる地にあそび五臓六腑を喜ばすなり

龍勝

すなどりも稲も畑も瑶(ヤオ)びとら歌もて統ぶる術知るらしも

麗江

(みつける)と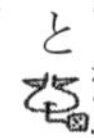(おもふ)は違ふ星々を心のどこに溜め置くかにて

一字もて(耳にたのしく魂の落ち着く)さまをあらはしにけり

杭州

まるまると太れる月の白さかな朝日とともに消えてゆくもの

夜想曲

かきいだくゆがめる線のあつまりにことば
ことわりことごとく死す

高みへと尾を引くこゑの蔓なして汗の葉む
らのあふるるばかり

閲ぎあふちからは崩れ水つひに火にまさり
たりわれを消し去る

グヌン・ムル

一日目

丸太一本沼に渡して道作る　進める所まで
進むなり

リュックの奥に腕時計しまひムル山とわれ
の時間を合はせて歩く

生き方をひとつのみ選び取りし種（しゅ）の愚かさ
潔（いさぎよ）さ美しさ

シメコロシノキに覆はれて死んでゆく木の
僅かなる樹皮に触れたり

ずんずん進み頭から汗あふれやまず葉を出しながら落としゆく樹ぞ

ミネラルのまつたり舌に甘しあましボルネオの雨沸かして飲みぬ

前をゆく蝶の夢なら良きものを沼越え藪漕ぎまた川渡る

ムル山に容れてもらへど雨ふればたちまち泥の川となる道

脚の先の泥の球から靴紐をさぐりだしやつとのことで脱ぎたり

足早に雨後のジャングル突き抜けて靴に圧死の蛭つまみだす

上向いて歩く楽しさ腰までの沼にとことん苦しめられて

口いつぱい砂嚙むごときビスケット水分補給忘れてゐたり

空(くう)を恐れ埋むる命の意志が延び広がり満ちて熱帯雨林

目印のペンキも苔に隠されて人の手になるもの消されゆく

木から木へわが目の前を渡り行く紐がトビトカゲと気づくまで

二日目

海からの風を遮るムル山塊われをまるごと洗ひ雲生む

シメコロシノキの塔に入りて天見上ぐ　小さき窓が一つのみ在り

密々たる樹林に風の起こるなし蒸されて歩き歩いて蒸さる

道見えてゐるところまでとりあへず進め進めばいつかは終はる

壮年を如何に生きむかジャングルの万年みどり万年落ち葉

存在を消しぬ目を閉ぢ沢水の流るる音を身ぬちに注ぐ

密林の密度に触れつそれぞれに居場所は在り芽を出しさへすれば

ジャングルは騒がしき海見下ろせば空を勝ち得し樹々の泡ぶく

ふわつ。そしてぶわつと騒ぎたち雨をやるぞと風は告げ来つ

三日目

生乾きのシャツに沁みたる火の匂ひ　今日
この山と決着を付けむ

光とは重たきものか谷に雲沈みて空の現れ
にけり

朝焼けを見下ろしながら歩む道生まれたて
の青摑みに行かむ

見渡すかぎりの木々の海原腰下ろし地平線
まで脚を伸ばせり

尾根に立ち湧きくる風を底なしの空となる
まで肺に充たせり

山上に立ち揃ひたる魔羅の群れウツボカズ
ラが空を貪る

色うすき苔のちよび髭木々に生えジャング
ルの高度稼ぎしを知る

ムル山頂。腹の底より叫びたれば天涯にわ
がこゑの泡立つ

四日目

おい俺を置いてくのかと大蛭が落ち葉の上
に暴れてゐたり

生きてゐる塩つぱさざらり山に入り四日目
の髭舌で確かむ

両側は濃緑の壁　登り来し小道が沢に変は
りてゐたり

生き残りたくば割り込む押しのける絡む吸
ひ取るジャングルの密度

人生に活かせぬものか転び方ジャングルの
山に熟達せしに

下りきるために越えねばならぬ峰を数へて
飽きてまた数へだす

ほのかなる眠気以外に欲はなしただただ惰
性もて山下る

数十万頭の蝙蝠の竜ボルネオの黝き空胎（はら）に
容るるを

株屋

九月十五日　リーマン・ブラザーズ、
連邦破産法11条の適用を申請

Lehmanが消えてしまへりセールスのデス
クにはまづメールの津波

信用市場（クレジット）崩れて株式の気絶する様目の当た
りにす

チームワークを勧めてゐしにいつしかに椅子取りゲームに変はりてゆくを

石宝山

道に溢るる川を越えヤギの群れ送り石宝山へ歌採りにゆく

牛二頭まるごと吊るす店に入り歌垣を聴く腹をこしらふ

ひとすぢのうたごゑ耳に入り来ぬ山の寺への人波の中

山門に向かひつつ歌を掛け合へど互ひに顔を見ることはなし

たちのぼる香と狭霧の混じりあひうつしよ越ゆる恋の歌かも

白酒（バイジュウ）を片手に後を追ひかくる男の歌の遅れてゆくを

参道に布施を乞ひつつ白族（ペー）のうた歌ひ継ぐ媼のありて

対歌台

口説かむと龍の頭の三弦をうならせ「歌に
翼を持たす」

相方の女の微笑消えてゆく際どく熱き恋歌
ならむ

眉顰め男の歌を受けゐしがうたひ返して笑
ひを取りぬ

雲南の山を洗ふはこゑの波　七七七五の歌
の調子よ

2009

ゴプラム

ムンバイ

スラム街あとかたもなく整備されまた新し
く銀行が建つ

コナーラク

一歩でも牛鳴くこゑに近づくを理想とした
る詩の時代はも

踊るべく宇宙はありや神殿の壁埋め尽くす
まぐはひの像

コルカタ

山をなすハイビスカスの花の下山羊の血の
川流れてゐたり

カーリー寺院

眼を開きたるまま斬首　残されし身体慌て
て空駆けんとす

激しく空を蹴る後ろ脚蹴るほどに立体的に
血の花が咲く

デリー

地下鉄の料金はチャイ二杯分　旧市街から
オフィスに通ふ

ハイデラバード

ゴルコンダ捨て置かれたる砲身に一篇の詩
の刻まれてあり

マドゥライ

神も人も動物もゴプラムに集まりて裏の山
より高き森成す

どこからがバザールどこから寺ならん神見
上げつつ鞄を買ひぬ

シュラヴァナベルゴラ

一歩づつ地平を下に下にせりシュラヴァナ
ベルゴラ聖なる山に

素足にてチャンドラギリの岩登る土踏まず
にも風をやどして

アララト

一休みイガイガ取りて野アザミの蕾の中を刳り出して食ふ

タイムの葉道々ちぎりつつゆけば鼻からわれは透きとほりさう

アララトに頭預けて昼寝せむ脚は大草原へ投げ出し

アララトの全きすがた仰ぐなりこころゆくまでわれ皮膚呼吸

岩にシートを組み込んでゆく二日目のキャンプは石の要塞作り

山腹に隠れんとする北斗の尾摑んでみんか漲るちから

進むしかなしと信ずる他になく山の真闇は麻酔のごとし

大いなる口が開いてゆくさまに夜が明けて地平線のくちびる

風を押し戻しつつ進み向きを変へ背（そびら）を帆とし高度を稼ぐ

息を吸ひ息を吐き足を持ち上げて少しでも
前に出すことをのみ

巻き道に風を避けつつ体ごとわが喰らひつ
くアララトの肩

振り向いてしまふと脚が止まるから心臓は
頂上で吐き出せ

見霽かす山々の襞日を胸に迎へアララトの
絶巓に立つ

北岳

北岳の胆嚢に触る攀ぢをへてハイマツの実
の紫紺を手にす

タカネツメクサ、シナノキンバイ目に清(すが)し
心はすでに満腹である

花畑抜けて稜線湧き上がるしらくもの上を
ほかほかとゆく

直会

金沢八幡宮掛唄大会

獅子に頭をわれも噛まれて金沢(かねざわ)の掛け唄の夜は始まらんとす

二回戦こゑ練れてゆくきりきりと高さを増せる唄掛けの山

直会に会話はあらずことごとく掛け唄のみのやりとりとなる

すかさずに翁うたへり四十年前だつたらば娶つてやるが

お似合ひの若者がゐるすぐにでも俺の息子に会へよとうたふ

仲人はまかせておけとうたひだせば別の翁も声をあげたり

二人ともうたがうまけりゃ仲人は立てんでよしとやつかむもあり

屁理屈はいつまでつづく唄掛けるたびに笑ひの大きくなりぬ

唄掛けを見終へたりけり黄金の稲穂の向かう鳥海の山

フーガ

九寨溝

空も山も水に眠れる倒木もみな重なりて水面いちまい

하늘도 산도 물 속에 잠든 도목도 모두 겹쳐져 수면 한 장

天与山 湖中沉木 白云都 重重叠叠 一片水面

시의 약을 한 알을 준다 네 몸 속으로 해자(海子)의 '가을' 이 스며들어 가거라

給于你 詩葯一粒 海子的 一篇《秋》歌 滲透躯体！

詩の薬ひとつぶ与ふ君の身に海子の「秋」よ染みわたりゆけ

不是触 不是不触 一起看 天空颜色 褪去之景

触れるでも触れぬでもなく空の色落ちゆくさまを共に見てをり

만지는 것도 안 만지는 것도 아니고 하늘의 색이 바래는 모양을 함께 보고 있다

2010

歌海

壮族三月三祭

歌の輪の二つ三つ四つ十ほどに増えて歌海のひろがるばかり

降りだせば軒に木陰に雨宿りまた新しく歌の輪の湧く

追ひつめし男が歌ひだすまでを宥むるやうな独唱つづく

声量をおとしながらも歌ひ継ぎ見物かはし
去りゆく二人

スミソニアン

ワシントンDC

エノラ・ゲイの主翼の下に紫電改　空港横
の博物館に

アメリカはかなしきまでに明るくてくらく
らとわれ影失くしさう

南米を行く

チウダー・デル・エステ

ショットガン持てるガードのスーパーにド
ルで払つてグアラニの釣り

フォス・ド・イグアス

あらゆる部位の肉を欲する胃袋が旅のプラ
シュハスカリア
ンを膨らませゆく

コロニア・デル・サクラメント

水平線ひろがりをれど波はなしラプラタこ
れも河なると知る

どこにでもありてどこにも無き街の記憶わ
が足もて塗りこめつ

ブエノスアイレス

ふたたびただ旅するだけの人となりブエノ
スアイレス日本人旅館

東京から最も遠き街を過ぐしがらみほどき
つつ次の地へ

サルタ

まとひつく空間をわれ脱いで脱いで脱いで
鮮しき皮膚を得んとす

ウユニ

高原の果見えずなり昼食はリャマの干し肉
ほぐしつつ食ふ

純白の球なす宇宙　空のいろうすれて塩の
地に繋がりぬ

ラパス

淡々と旅の事後処理　手の届かぬところに
あるはわがものならず

アレキパ

悲しくも私は思ふ国力は海外（そと）を旅する若き
らの数

チャチャニ

蒼穹を南極の風流れきてアンデスのわが指
に絡めつ

海抜六〇〇〇米零下二〇度胃が死んで雲上
にわれ聖のごとく

クレーター五つを持てるチャチャニ（スカート）の天に
ひろがるその縁をゆく

コカの葉の唾液に滲み背（そびら）から伸び開きたる
コンドルの翼

あとはただ空に繋がるだけのこと見えざる
雲の上を歩いて

これ以上上へは行けぬ青無窮　天は刃のこ
ぼれたる円刀

火の山に捧げられしがうつしよに乙女戻り
つ　とけゆく氷河

アリカ

太平洋の反対側の港にて鰻に似たるコング
リオ食ふ

リマ

途中からスペイン王に変はりたるインカ皇
帝系統図なり

アブラゼミ

十月のマンションの壁灼けながらアブラゼ
ミひとつ鳴きやまずなり

「私にはとんからりんからとんとんとーん」
われをあしらふ妻の手さばき

隆々たる筋肉としての財力を持てる言語の
その力づく

カシオペア号

白き息パシリと裂きてグローブに長男の球
をさまる朝（あした）

父さんはトナカイの鈴聞いたぜと言へば僕
にも聞こえたと次男

子ら三たり孫のごとくに遊ばせて一夜のみ
なるカシオペア号

青函トンネル最深部の灯見たるのちロウソ
ク消ゆるやうに寝入りぬ

2011

歌ぐら

あら嬉しやらよろこばすかくあらばよう立つ峰はとぶとこそ言へ

奥三河古戸（ふっと）に鶴の降りたちぬ　羽をひろげて舞ふ少年ら

産土へおほはす神子は帯もせずたすきもかけずごぜを舞ひおく

火のつくや生木は泡を吹きながらひたぶるに燃ゆ燃え尽くるため

伊勢の国天の岩戸を押し開き花や神楽の舞を遊ばな

呵呵として爺が隣の爺に「おい、舞はせたかつたらはよ孫つくれ」

伊勢の国参るは遠しきぬなれば折り手たたみて近く拝まな

テーホヘテホへわれもいつしか歌ぐらの声に合はせて聖燈衆（せいと）の一人

霜柱雪は桁はり雨垂木木の間をいづる風は葺萱

花の舞の幼のうしろぞろぞろと大人連なり幸に酔ふ波

秋過ぎて冬の花とは今日かとよ風ものろ風八重に咲く花

歌ぐらが大きくうねり力尽きさうな舞子をふたたび立たす

神道や千道百綱道七つ中なる道が神の通ふ道

山見鬼榊鬼はた茂吉鬼うつつの境舞ひ散らしけり

四つ舞の舞ひ出る姿花かとよ花とさしでてすがた見られる

夜の更けて一力花の願掛けの花よひらけと舞ひとほすなり

花の舞舞ひ上るには千早振千早振神は受けて喜ぶ

湯かぐらの湯の煮え立てば少年に白湯をふ
ふませ舞ひ狂はせき

湯ばやしの湯本へ上がる湯衣は丈六尺に袖が七尺

宮人がうたへば皆で唱ひ継ぎ歌ぐらの海山
に充ち満つ

稲

たくましきミミズも本物のケラも見て天地
返しのリズムを摑む

畔塗りは城壁作りもののふの面構へして励
む兄弟

弟も負けてはをらず泥仕合トンボ取られて
レーキを奪ふ

無人島に取り残されるみたいだと水を入る
るを畦から見つつ

指を入れ苗おいてくる繰り返し皐月の地（つち）を
奏づるごとく

タンジュン・アル

鮮やかにいのちみつしり珊瑚礁勝ち抜きて勝ち残りてかがやくものら

海を齧り齧り齧りて育ちゆく珊瑚の丈と時間の嵩と

すきとほる水面の膜に両手入れふたたび空に落ちゆくこころ

うなばらの風に頭を包まれて水平線をつまんでみたり

陸前高田・気仙沼

あをあをと初夏の東北草の土手今年はクシャクシャの車が積まれ

悲しんでゐる暇あらば足を出せ手を出せ汗出せなんとかせんと（なじょにがすっぺ）

踏み抜くな水分は取れ蜂に注意　頭上から海が落ちたる地区へ

二人、三人、七人つひには総動員　鉄製の小船やうやく動く

逆さまの舟を藪から引きずりだし起こして
やればカマドウマ溢る

天降(あも)りしかとおもへるまでに軽トラが杉の
林に嵌りてゐるを

干からびし海老の形に乗用車ぽつんぽつん
と港にありぬ

休憩と言へど落ち着くもんでもなくビデオ
テープの泥を削ぎゐる

腕よりも心の芯が痺れゆく　水を吸ひたる
畳を運ぶ

冷蔵庫の山、自動車の山、畳の山、四月経
ちてもまだ高さ増す

四万十

四万十の水に浮かんで八月の雲といつしよ
に流れてゆけり

海賊のキャプテン叫(おら)ぶ竹竿を天に掲げて筏
の童子

ほがらかに村の放送ひびくなりテントを出でてラジオ体操

かをり立つ川上のかぜ皮ちよいと破りて鮎の骨を抜き取る

妻と子の悲鳴車内に響きつつ平均台のりへ沈下橋

しよんべんのアーチ競ひて兄弟が四万十川に別れを告げぬ

富士山

七合目の鳥居を越えて小一が入道雲と背高比べ

天国に着いちやつても家に帰れるの　星に近づく本八合目

九合半リュックとわれで子を挟み風を避けつつ息を整ふ

ねえあそこダチョウと羊がキスしてる　雲海赤く染まり始めて

勢ひでお鉢めぐりもしてしまふイオンエンジン子は内に秘め

六合目過ぎてやさしき霧の中子らよ叱つてばかりでごめん

ロードレーサー

開通前の新東名高速道路を走る

道の芯捉へ車輪を重ねたり斯く魂の軸を定めつ

アスファルト渚となりて誘ふを沖へ沖へとロードレーサー

何かが見えてきさうなんだよ心臓のペースを越えて脚が働く

平原へ

ブハラ

世界史の縮図此処にも　拝火教の神殿跡にモスクが建ちて

サマルカンド

風そよぐ草原に足踏み入るるごとくソグド
の文字を目に追ふ

庭先の水車に楮打たせつつ紙漉く一生想ひ
てみたり

焼きたての香りと笑みを受け取りぬ朝の挨
拶ナン一つ買ふ

ウルグット

ウズベクの山道をゆく舌の下に嚙みタバコ
放り込むのにも慣れ

戦争が戦争を生み出すさまに氷ひろがり池
を占めたり

シャフリサーブズ

草原は何処でも道になり得ると身をもつて
知るアジアの真中

をさめことば

あをこまの　あがきにときは　かけながら　ながれにわれを
もむなれど　めにしたきもの　さすたけの　よにはまだまだ
おほくして　あらがひがたし　たまだれの　みずにはをれず
いさなとり　うみをわたりて　とりよろふ　とつくにのねに
のぼりたち　ながめわたして　あかねさす　ひのてるそらの
おほいなる　まつたきまるさ　めにをさめ　みをひるがへし
あらがねの　ちにもどりきて　さばへなす　さわぐこころは
あまくもの　ゆくらゆくらに　まちをめで　ひととかたらひ
うつしよの　いろあひあまた　あることに　みはあらためて
おどろきぬ　つつがなくあれ　たまもなす　なびきくるこら
わかくさの　つまにちちはは　みるまつの　ふかめてもへど
もみぢばの　ちりのみだれに　よのうつり　みえなくなれば
しつたまき　かずにもあらぬ　みのわれは　ただいたづらに

やまがはの　たぎつうねりに　みづとりの　たつばうしなひ
もろともに　もてあそばれむ　つがのきの　いやつぎつぎに
ももくさの　せまりくるもの　なつくずの　たゆることなく
いそのかみ　ふりくるものを　くもりよの　たどきもしらず
しらまゆみ　からだをはりて　さばきつつ　まもるべきもの
まもらむと　すすみゆくのみ　とざさるる　こともあれども
うしろでに　とびらとづれば　またひとつ　とびらはまへに
ひらくもの　かはりゆくよの　まそかがみ　むかうをながめ
みぬちより　わくこゑききて　ことだまの　いざなふままに
にはたづみ　ゆくかたしらぬ　おもしろさ　たのしみながら
たまのをの　みじかうたとふ　たましひを　いるるうつはに
むらぎもの　こころすくひて　たまきはる　いのちのせつな
うつしてゆかな

平成二十五年八朔

本多　稜

『六調』（抄）

I

点々と

マニラ

母国語が二つ百七十超ゆる母語あると知り
味はふ煮込（アドボ）み

ハノイ

現物版若冲群鶏図のカゴを乗せて市場へ自
転車のゆく

バンコク

ドリアンの匂ふ街角トゥクトゥクの運賃を
礼を尽くして値切る

シンガポール

塔門（ゴプラム）もブッダもわれの心さへも極彩色にリトルインディア

シドニー

ネルソンの血とふ黒麦酒（ポーター）ひと息にここでは酒場（パブ）はホテルと呼ばる

ノーザンテリトリー

地平から迸り出づる天の川に南十字が溺れさうなり

ソウル

秘苑（ピウォン）。葉をおとしたる枝々の空を覆へる連帯を見つ

瀋陽

城門の陰ふかく驢馬うなだれてピラミッドなす荷台の杏

故宮（グーゴン）の瓦を畝に咲きほこる黄の花空に触るるばかりぞ

済南

身世酒杯中、万事皆空。　辛棄疾「浪淘沙」

城（まち）ぢゆうの泉を巡り辿りつきたるは憂国詞人の廟宇

曲阜

上海を発ち和諧号大陸の孵化するごとき朝の大地を

孔林

ゆけどもゆけども孔子の墓は見つからず長子を連れてきて迷ひをり

成都

夕暮れの錦里にまぎれもうわれは誰にもならず誰にもなれず

肇興

牛瘪（ニウビエ）の援軍を得てニンニクとバラ肉がわが
胃の腑に挑む

イスタンブール

迷ふのにも慣れてスークに五分前のわれと
鬼ごつこをしてをりぬ

ミュンヘン

花の森花の野もわが舌のうへバイエルン産
蜂蜜酒（ミード）を比ぶ

ザルツブルク

三つ目の峰にて倒るあまりにもザルツブル
ガーノッケルン甘くて

ロンドン

渡辺幸一氏

「世界樹」の大人に手渡す辛得たりほぼ還暦
の『國際短歌』

ロンドンを雄蕊とすればパリは雌蕊行き交
ふ者を蜂蜜として

パリ

うつし世の神を問ふべく立ち寄りぬ
COEXIST展パリの左岸に

se tatamiser le kamikaze（ス畳ゼル神カーズ）海越えて根を伸
ばしゆくコトバに出会ふ

マドリード

スペインのやさしき秘術食後酒（チュピート）の喉（のんど）を過ぎ
て時間のゆるぶ

ポルト

本屋（リブラリア）さんポルトにレロ・イ・イルマオンり
ぶらりあ・れろ・い・いるまおん

熟成葡萄酒（タウニー）に酔ひ痴れファドのギターラと
ヴィオラの二重螺旋を登る

コインブラ

ジョアニア図書館

天井まで埋め尽くしたる革装の背表紙が一
行一行の叙事詩

リスボン

秋雨の降りては晴れて坂多き街にペソアの
heteronyms（異名）を思ふ

リスボンの七つの丘の石畳迷ひ甲斐あり迷
へば珈琲（ビッカ）

トロント

ウッドチャックのやうなるわれらＰＡＴＨ（地下街）
をときをり出でて位置を確かむ

パンケーキ頼めばわが顔ほどもあり割りて
ホームレスの人と分け合ふ

ボストン

商談の成立は、シリコンバレーでは当日、ボストンでは二日目、東京では二か月というジョーク。

ボストンはスローイノベーションの街と言ふその場で答へ出さぬが礼儀

麦酒醸造所（ブルワリー）街に星座を描きつつつわが目指すべき星 鯨銛（ハープーン）

ボルティモア

大味と言ふかダイナミックといふか投資話（マネートーク）も蟹肉（クラブ）ケーキも

ニューヨーク

摩天楼の借景セントラルパークわが存在は視点のみなる

ワシントンD.C.

ザ・ヘイ・アダムス

帆柱と帆の現るる霧の海ワシントン記念塔（モニュメント）そしてホワイトハウス

シカゴ

ポエトリー・ファウンデーション
ジュン・フジタ「忘却」展を三万の詩集蔵
する館に見に来つ

セントルイス

ミシシッピの岸辺にゲイトウェイアーチ獲
りて売り買ひされたる領土

野球（ゲーム）見る暇得られねどスタジアムにブリット
ーを食ふスーツの男

サンフランシスコ

シティライツ書店
ふかくふかく海に潜りてまどろみぬ書肆の
詩のみの階の窓際

39番埠頭
もう乗れぬほどに筏を埋め尽くすアシカの
ほとんどがオスといふ

ロサンゼルス

檸檬ならずサンタモニカのさざ波に洗はれ
テニスボールがひとつ

オーランド

クリスタルリバー

わが所在問はるるごとし浮かび来るマナティーの背にフジツボ見えて

メキシコシティ

ビブリオテカ・ヴァスコンセロス

骨のみの鯨が浮かび本棚の翼を宙に広げてゆくを

II

名取

熊野神宮社春例祭

大山祇の命が獅子に跨がりてロデオを見せてくれたる神楽

守らるる壁にはあらず橋として海にも架けよ敷島の歌

熊野那智神社より閖上の海を見渡す

折々に思ひおこせよ廃されて復た舞はれたる名取ノ老女

うたたび

奥三河花祭

歌ぐらの消えにし村も生くる村もそれ舞へ舞へよ神八百万

太平山三吉神社梵天祭　三吉節

若衆の稲の出穂より揃ひでてジョヤサジョヤサの梵天のうた

灘の酒造り唄

言の葉も醸されしかな育ちゆく酒に合はせて唄のうたはる

六郷満山修正鬼会

火の粉火の粉スクラム組んで声揃へ法蓮称（ホーレンショー）揚（ヨ）ソレ鬼庭（オンニワ）よ！

白老ポロトコタン

熊送り（イヨマンテ）踊り（リムセ）の人の輪ゆ声の幾つもの輪の生まれて空へ

櫛田神社祇園例大祭

山笠の祝ひめでたを唱ひをへ打つ手一本うつつに戻る

海上（うみがみ）傘踊り

雨乞ひの狂ひ踊りの唸りごゑ撒き散らさるる鈴の音を浴ぶ

八丈島

はからずも八十八重姫のショメ節の手ほどき妻と子と受けてをり

因島椋浦の法楽おどり

水軍の法楽連歌絶えにしに鉦の音高く潮風を打つ

郡上八幡　徹夜踊り

あふるるは水ならず人川なしてゆるり「か
わさき」迅し「春駒」

六郷熊野神社全県かけ唄大会　仙北荷方節

どこまでも母音は伸びてうたひたきことこ
とごとく掛け唄となる

西馬音内盆踊り

腰落とし砂をぢりりと編笠のをみな踊るを
甚句が囃す

風の盆

見送りのおわらなほ冴ゆ町流し朝を迎へて
始発のホーム

安田のシヌグ

山登り(ヤマヌブィ)の務めを果たし真神酒嘗むウシンデ
ークの夜にまぎれつつ

ショチョガマ

右(ヨラ)、左(メラ)。声を合はせて踏み揺らし日の出と
ともに櫓を倒す

平瀬マンカイ

常世国(ネリヤ)から歌の綱もて引き寄する稲霊(ニイヤダマ)なり
豊年よ来よ

奄美八月踊り

唄踊り太鼓(チヂン)三線 指笛(ハト)囃子渦巻いてわれも手
足を取らる

山北のお峯入り

「歌の山」にもう歌あらず張りぼての男根背
負ひおかめ参れど

毛越寺延年の舞　唐拍子

上の句と下の句二人分けて舞ひ五台山への
道をみちびく

高千穂天岩戸神楽　七貴人

裁着に赤熊（しやぐま）に面のわれ舞へど眼の穴小さく遠のく太鼓

西米良　横野神楽

白刃抜き舞ふ男らに投げらるるきわどき恋のセリ歌やんや

三毛門神楽

豊前弁コントに心ほぐされて藁の大蛇の討たるるところ

春日若宮おん祭り

噢噢と警蹕（みさき）のこゑの十重はたへ闇を御霊に従きてゆくのみ

バクニン省リム村

歌垣（クアンホ）の進化だらうかカラオケの大音量のマイクがふたつ

ハノイ

歌籌（カーチュー）を聴きに戻りぬ一千年消えざりし消せざりし歌ごゑ

侗族大歌

鼓楼凌ぎ雲の上なる棚田へと声幾重にもかさね積みゆく

苗族飛歌

投ぐる箭の遠ざかるこゑ森越えて嶺々越えて届け飛歌（フェイグァー）

アナング族

歌の道（ソングライン）張り巡らされ森をなす眼には赤土しか映らねど

ハーレム

地の割れて湖現れむ足元を揺さぶりやまぬゴスペルの声

メトロポリタン歌劇場《蝶々夫人》　演出アンソニー・ミンゲラ

人形をマンハッタンに拵へてお蝶さんの児
は黒衣が舞はす

オペラ・バスティーユ《吟遊詩人》　演出アレックス・オレ

時代替ふるくらゐでは死なぬ塹壕に潜みて
歌ふ吟遊詩人(トロヴァトーレ)も

スツウプナカ

イム゜(海)ピ゜ィトゥ(人)の大漁祈願(イシュニガイ)の座の末席に連な
り酒と清めの塩を

壬辰　カム゜ガウェー

アカツキ゜ィヌニガ゜イ(暁の願ひ)の神歌(ニリ゜)をうたひ終へ
ユノーレガユノーレガ(豊年よ豊年よ)神酒(ミス)回しつつ

癸巳　ピ゜ィトゥガウェー

ツヌジャラ(角皿)を両手に(バドゥーウユャナーウーリ゜)ゆらりゆらり舞ふ囃し(ピャシ)
てこそ豊年にならむよ

ム゜ーミス(芋酒)の酒杯(ユナウス)かかげ飲み干しぬ豊年よ(ユノーレガ)
粟よ八重八重八重八重(ヒーヤッカヤッカヤッカ)

甲午　キ゜ィダリ゜

太鼓すら無き祭祀なりつる草頭(ホーイフシャ)に巻きて道
行きの歌

節まつり(スツウプナカ)多良間若夏みづみづと歌の宇宙を
産み落としたり

［参考］『多良間村史第4巻　資料編3』

Ⅲ

菜　園

立春

寒締めの塌菜（タアサイ）凜々し緑濃く大輪は畝を埋め
尽くしたり

カマクラを壊して作る滑り台ドカ雪降れば
子らを遊ばす

雨水

掘り進み天地返しはあかあかと関東ローム
層の現はるるまで

言の葉はあれど未だに文字のなきしづけさ
に春鍬を待つ土

啓蟄

鍬打てば微笑むごとしくろき土跳ねつつ春
の空気を吸ひぬ

一穴に三粒ひとつは生えずとも二つ競はせれば多く生る

春分

手の指を広げて幅を測りつつ苗の今年の領地を定む

野菜たちにご飯をたんと食べさせせん備中鍬にずしりと堆肥

清明

舌にじーん身にじんわりと染み行くはにんにくの芽の青き体臭

ほほけたる白菜小さき黄の花を天に高々と打ち上げにけり

穀雨

「育てる」は他動詞なれど日に向かひひたに伸びゆく力よ力

のらばう（野良坊）菜の薹（たう）を指もてぽきぽきと春の日差しの拍子取りつつ

立夏

シャキシャキにしてクセの無きあかるさの陸羊栖菜（をかひじき）にも処世を学ぶ

家潰すには忍びなく蝸牛茎から葉から剝がして放る

小満

星団の生成過程目にしをり葡萄の花穂の群がりて湧く

あれもこれも愛の平等難しく間引きの次は芽欠きに励む

芒種

折られても刈られてもまた伸びて来る自然薯おまへ自覚はあるか

アスパラに夏は来たりてキジカクシの名の
そのままの姿に茂る

夏至

子孫断つ決意かトマト種遅く蒔きしは花を
つけず勢ふ

ふさふさの小さき尻尾を愛でて切るスイカ
の蔓を摘芯したり

小暑

オオウナギに化けて葉陰に垂れてをり採り
忘れたるキュウリの重さ

朝採りを増やして株を傷めずに胡瓜の流星
雨を長引かす

大暑

踏まれても起き上がらずに踏まれねば心置
きなく蔓延る日芝

「もぐ」の「も」は濁音であるべしと思ふ玉蜀黍を苞ごと捥ぎぬ

立秋

剝き出しのやはき背（そびら）を覆ひゆく羽ととのひて蟷螂成れり

根を切りて枝葉も詰めて秋茄子へ生まれ変はりの術を施す

処暑

お浸しにしたるはアカザ、ヤブガラシ野武士の滋味を今日の肴に

日照り続いて精霊バッタ鳴く音に畑もわれも発火しさうで

白露

大量殺戮兵器としての親指の腹で夜盗の卵塊潰す

憎らしきハキリムシなかなか見つからずそしてハサミムシが誤認さる

秋分

桶に粒潰せば泡の生まれつつさあ醸さむよ葡萄の輪廻

折りやすく葉先鋭き青二才空芯菜は憎めぬ奴ぞ

寒露

三〇〇〇グラムを超ゆる三つ子のまるまると金時芋を抱つこしてをり

冬瓜がゆつたり屋根に横たはり涅槃仏を決め込んでをる

霜降

白昼に黄金の銀河煌々たり早よ落ち来よと銀杏を仰ぐ

蚯蚓との友情おもふ二年物となれば堆肥は
馥郁として

立冬

里芋を掘り起こす快ハツフユノオオフグリ
とふ名は持たねども

自然薯のちから有り余りて空に瘤を生みた
り零余子と呼ばる

小雪

食べ放題にしてやるパセリ霜月の蛹化まぢ
かの黄揚羽のため

一仕事こなして一輪車（ネコ）が子どものロッキ
ングチェアになりてをるなり

大雪

スッとグッ、スッグッ鍬の心技体スッと入
れそれグッと引き抜く

振り下ろす鍬に生木香り立ちたちまち秋の
空気濡れたり

冬至

前菜で終はつてしまふ一生かな菜物は土を
深く求めず

極月の眠りの深さ見計らひソラチエースの
株を移せり

小寒

冬のみづ砥石に吸はせくろがねの錆を落と
せり労はりながら

改良に改良かさね美味しくはなれど弱々し
くもなりたり

大寒

苦土石灰撒きて忌地（いやち）を治しゆく土の筋肉ほ
ぐしてやらむ

焼き物は火次第野菜は土次第かたち生み出
す形なきもの

Ⅳ

酒　旅

出雲

カラストンビと無濾過生原酒（ムロナマゲン）の闘ひの神話
を舌の上に遊ばす

四万十

しみじみと潤香を喉に落としけりこの一夏
を切り離すべく

裏なんば

友の来て友の友来てその友も見知らぬ友も
共に立ち飲み

白州

天空に梯子をかけて一段づつ昇る一口づつ
酒が減る

銀座

酒なのか水なのかはた空気なのかわからぬ
までに磨かれし酒

秋田

太平山鳥海山と呑み進み燻りがつこに鰤魚（ぶり）
卵（こ）に鱈白子（だだみ）

酒品（さけごころ）

司空図『二十四詩品』の私的琉歌風和訳を詞書として

雄渾（とほしろ）

充ちたるや否や　問ふに意義あらず　大空に雲は　風とあそぶ

雲海へ水平線の白雲へ　われを連れ行く酒の力よ

沈着（おちつき）

森の荒ら屋に　心しづむれば　渚ひろごりて　月の光

大いなる河の流れがまならうらに見ゆるまで身を酒に沈めて

自然（おのがじし）

ひらきたき時に　開くものなれば　ひたに目守るべし　花も心

つれづれの日々に心を従はせ季節の花と酒とに出逢ふ

形容（うつし）

雲は形変へ　行方知られざる　われがわれなるは　心のみよ

あしひきの山と水面に映りたる山とが見つめ合ふやうな酒

曠達（ひろさ）

酒樽をもちて　かすみ立つ山へ　酒の尽きたれば　歌ひ歩け

おほぞらへ酒は心を放ちやり真白き雲と共に行かしむ

メドックマラソン

一秒がなんだか長い両脚が身体を置いて駆け出しさうで

生バンドのライブの最中紙吹雪思へばこれがスタートだつた

クロワッサンとカヌレ手に取り走り喰ひこのマラソンは朝食付きで

33回目となる今回の仮装テーマは33回転盤のレコード音楽

仮装して走る慣はし海賊もモーツアルトも飛脚のわれも

ウィーンの人らに曳かれ張りぼてのピアノも42㎞を走る

左足を地に着けて大きく右足を振り上げながら虹が四股踏む

もう走れぬ病の友を荷車に同じ道を同じ仲間たち行く

雨雲の真下うつろふカーテンを眺めつつ陽に濡れつつ走る

立ち並ぶ醸造タンク見上げつつテリーヌ食めばゴールを忘る

蹲り樽から直に酒を受くこれもレースの給ワインなり

Château Lafite Rothschild

ラフィットのがぶ飲みなども許されてもうどうにでもなれよが本音

win にeつければwineけふここに飲むか走るかの選択肢無し

メドックの銘醸が身に沁みわたり五臓六腑が内燃機関

紫のヴェール靡かせ傍らを駆け抜けてゆくベリーダンサー

二杯三杯杯重ね根の生えし足引つこ抜きサンテステフへ

たをやかにうねる海原どこまでもワイン畑と呼んでも良いか

世界中から集まつてきて共に走る走らせてくるる人々のゐて

京劇の若武者の背の旗を追ふ大陸の西の端まで来たり

肩組んで撮つて別れつひとときを飲んで笑つてその他知らず

正面に脚伸ばしゆく虹あれば勝手に走り出す二本足

葡萄酒を容れて増えゆく体重のton（屯）の語源はボルドーのtonneau（樽）

マラソンのゴール近づき生牡蠣が供されフルコースが始まりぬ

entrecôte（ステーキ）をつまみつつまだ走る走る肉汁直に血になるらしも

飲みながら食べながら踊りながら走る時折皆で奇声をあげて

デセールはゴール手前で手渡さるアイスを舐める時のみ歩く

完走の手続き終へてゲート出づわが前にワォ！ワインの海だ

V

うから

2012

小笠原

大きな大きな円であること甲板に空の形を
子らと確かむ

クロールでおがさわら丸（おが丸）と競争するのだと
サメバーガーを頬張りながら

習ひ事の送り迎へも晩御飯の支度もなくて
妻の島旅

十歳はボニンブルーの海見つつ「このごろ
素直になれなくてさー」

葛西臨海公園

初めての観覧車にて兄妹は王子王女を気取
りてゐたり

2013

バリ島

ジェゴクいよよ地鳴り地響き止めざればむ
すめはわれに収まりて聴く

胆振

朝起きてイランカラプテ夏休みイランカラプテことばを得たり

標高三七七六米

家族綱と呼べるザイルの切れ端を摑ませ坂の果てへ牽きゆく

2014

宿題の朗読きそふ兄いもとレチタティーヴォの掛け合ひめきて

ラケットとダンス練習してをるはわが八歳のテニスの少女

とつつあんまあいいぢやねえかと二本目のアイス食べ始めるむすめなり

サホロ

なんとなくだけどやつぱりリフトには一人で乗ると言ひ出すむすめ

交差してまた離れたり四本のスキーの影を見下ろすリフト

育ちゆく翼は刺激しあひつつ早も飛び去りさうな三人子

2015

ひと月に一歳年をとる如し小五の次男またまた脱皮

丼のうどんが伸びてゆくやうに十三歳は声変はりせり

頭から虹を生やして鉄橋に娘は立てり七歳の夏

八丈島

堤防に針を取られて泣きゐしに地球釣りたる美談となりぬ

おそるおそる夜の森に入り寄りあひて光るキノコを見守りてをり

オスロブ

銀河迫り子も妻もわれも呑み込まんとすれども甚兵衛鮫（ホエールシャーク）の体

子の手取りジンベエの尾に触れさせてわれにウインクするガイドさん

ジンベエの姿は海の色に溶け水平線に白雲の湧く

2016

初日の出見終へ兄弟おもむろに遠州灘にいばりのアーチ

木蓮の蕾の和毛かがよへり娘の頬にわが手は触れず

裏切りは女のアクセサリーなのと耳元に来て八歳が言ふ

中学の参観日父は来たれどもどつか行けよとオーラを放つ

ひらきゆく百合の花弁のそれぞれに重ならざれどそれでも家族

2017

同窓会にて

むすこちゃんムスコクンへと名を変へて母から遠くなりゆく息子

中一の娘に頬にキスせよと言ひたる父のその後おそろし

自部屋付兄妹合同設計図を宿題そつちのけで提出されつ

中学生男子二人を侍らせて足揉ませをる妻と目が合ふ

「ここは今日から女の子の部屋ですからね」扉閉ぢたりおそらく永遠に

Ⅵ

山百首

赤岳

かろがろと木立の影の檻抜けて雪にわが新しき足跡

アイゼンの紐締め直す艦隊を組んで迫れる白き峰々

突風を抱き返しつつ宥めつつ攀ぢて広ぐる天空の視野

蒼穹の果の渚の白波の日本アルプス勢揃ひせり

武奈ヶ岳

稜線はあの辺りらしちりちりと樹々のあひだに見ゆる星々

雪押し分け行きたる人のあればこそ　道を外せば腰まで埋まる

だだつ広い雪尾根に道五つ六つやがて一つとなり頂へ

大輪の薔薇ひらきゆき地を覆ふ雲の海より日の昇り来て

ニセコアンヌプリ

柵越えて空へ逃げようスキー板背負ひ斜面(なだり)の雪を蹴りつつ

春の雲産みつつ食ぶる戯れを見せてくれたる今日の羊蹄

重力に身体任せてゲレンデへ天辺から雪の
山を愛でたり

太平山（おほひらやま）

裏山の道狭まりて先を行く長男隙をうかが
ふ次男

標高一五九・四米

反抗期の子もついてきて鎌倉市最高峰に家
族揃ひぬ

ウンタースベルク

赤髭王（バルバロッサ）もカール大帝も眠る山よ溶けゆく雪
に脚取られつつ

断崖の雪のベッドに四肢たたむアイベック
スをよろこぶわが眼

残忍王（ヴァッツマン）家族ともども岩氷の嶺々となりとほ
く耀ふ

聖なる丘（デア・ハイリゲ・ベルク）

さざれ石の巌に生ふる樹を見上ぐバイエルンの森の内の蓬莱

アンデックス修道院

前の前の世紀にここに鷗外も同じ金色麦酒（ヘレス）を飲みにしならむ

象頭山

ユキモチソウ

白雲を仏炎苞の真ん中に丸めて餡にして収めたり

虎杖を折るにわが指慣れし頃象の頭の天辺に着く

ウルル

朝日差すやウルル血潮を巡らせて赤き大地に生まれなほせり

胸ひろげ空と交はる全視界地平線なるウルル岩上

かつかつと昇りくる日を背負ひ投げ一息にわれ径降りつつ

大姑娘山（ダーグーニャン）

霧雲を飼ふにあらねど霧雲を山の上へと追
ふはたのしも

ヤクたちの草むしる音を採譜せりスタッカ
ートにスラーを付けて

道らしき道なくなりて大峰（ダーフォン）はどこをゆけど
も花踏むばかり

融けてゆく雪の下にも花の見ゆ空の色なる
その小さき花

イスタシワトル

まだ山の空気と肌が合はぬらし吸ひ吸ひ吐
いて吸ひ吸ひ噎ぶ

襟首のくすぐつたさに振り向けば月が山の
端から覗きをり

重力の緩むを覚ゆひさかたの光籠れる狭霧
にまみれ

ポポカテペトルにはまたしても登れなかった

メキシコの万年雪にテキーラを撒きて祝せ
りイスタよポポよ

英彦山

青波の山々天の果たてまで大悲胎蔵英彦（ひこ）の
木霊よ

大日の梵字を刻む岩窟をまるごと包みゆく
巨木の根

空ふかく松蟬の声染みわたり狂ほしきまで
滴る若葉

宝満山

足元に枯葉の屑が跳ね踊る生れしばかりの
蟾蜍あまた

大挙して修験の道を登りゆく指先ほどのわ
が同志たち

英彦山の胎蔵界をひむがしに不壊金剛の山
より望む

石鎚山　お山開き

「お下りさんで」「お上りさんで」ハイタッチするごと山の挨拶交はす

石鎚の頂に立ち大法螺のコロラトゥーラを聴きゐたりけり

天狗岳の頂を研ぐ数万年みづの粒子の刃を眺む

愛宕山　千日詣

ひたひたと時間は溶けて参道に浮かんでゐたるはだかでんきう

「おのぼりやーす」「おくだりやーす」愛宕山かけあふ声をともしびとして

石川岳

恩納岳をわが視線もて塗り直す地図に登山道の記されぬ山

恩納嶽（うんなだき）あがた　里（さとぅ）が生まり島（んま）　森（むい）ん押（う）し退（ぬ）きてぃ
此方（くがた）なさな
恩納ナビー

キャンプハンセン実弾演習地内なれば最も
遠き山恩納岳

本部富士

降らねども大粒の雨の音止まず虫ら慌てて
落つる山道

見下ろせば頭蓋をひらき我武者羅に空を食
みをる蘇鉄の雌花

蒙頂山

茶畑を縫ひゆく径の旋律ゆ漏れいづる香を
肌に吸ひつつ

茶樹王を過ぎて着きたる玉女峰ここに羽化
せし河神の娘

はつなつの蓮の靄のはなびらにわが身を置
きて蒙頂の山

香炉山

嫗ひとりスマホに古歌をかけながら歌垣消えし山の道ゆく

祠にても頂にても燻られつ貴州の山にわが身晒せば

大鍋に狗のぶつ切り唐辛子爬坡節（パーポージェ）の香肉（シャンロウ）にほふ

空に聳ゆる香炉を降りて見上ぐれば弥勒の腹に思へてならぬ

鳥海山

濡れ濡れとあしたのヌード雲の間ゆ鳥海すがたを現しはじむ

雪渓の上をもがきて息絶えし蜻蛉の脚は乱れたるまま

旭岳

ふかぶかと地上の色を消すごとく苔桃の実は秋を吸ひをり

一等三角点

北海道とふ一輪の真ん中に聳ゆる蕊の尖の瓊多窟(ヌタック)

山頂の風が奪りたるわが帽子崖つ縁の石の上に着地す

高野山

木に垂るるましろき瞳われを捉ふ木通まばゆき結界の道

西行の桜の紅葉陽に透けて町石道を登り終へたり

シントラ

ムーア人の要塞仰ぎつつ登る振り向けば海果てまで蒼し

山頂の門をくぐりて海底へペーナ宮なる珊瑚礁(コーラルリーフ)

硫黄岳

腸詰を焼けばテントに臭ひ充ちぬばたまの夜のけだものわれは

蹲ひて銀竜草と眼を合はすキュクロープス
はひつそりと居り

香跡山（フォンティック）

ハノイからバスに揺られ二時間弱、イエンヴィー村で
ボートに乗り換え

川上に聖地ありとや雑貨売りの小舟に寄り
てまた遡る

参道に服も薬も売られをり登りゆけば金ピ
カの仏具店ばかり

山上の鍾乳洞の襞の奥に歯の列のごと御仏
並ぶ

槍ヶ岳

落葉樹の落葉しきり雨に濡れ秋には秋の山
の体臭

立ち込むる霧に視界を失へどあたたかきか
な雷鳥のこゑ

氷食尖峰槍ヶ岳の穂の屹々と崩れぬ岩の意
志を攀ぢたり

雨なればこその語らひ山小屋に次に行く山
その次の山

あとがき

遥か遠くにある蜃気楼のようなものだと五十歳という年齢を漠然と思っていたが、いざ近づいてくると焦りと諦めが同時に襲ってきた。知命などほど遠い。だが時間というものは律義に過ぎてゆく。

二〇一二年から二〇一七年の間に作成した五十歳になるまでの歌をまとめ、一応の区切りをつけることにした。『六調』（ろくちょう）は、『蒼の重力』、『游子』、『惑』に続く私の第四序数歌集となる。これまでの編年体を改め、次の六つの主題ごとに歌をまとめた。

Ⅰ　旅。出会いの連なり。旅の、空間を脱ぎ捨ててゆく感覚も堪らない。

Ⅱ　歌。歌はどのように生まれ、生き継いでゆくのか。うたのある場所を訪ね、皮膚呼吸を試みた。

Ⅲ　酒。親友、時に悪友。酒はまこと不可思議な液体。発酵の歴史は文明の歴史とも聞く。蒸留は魂を昇華させる行為でもある。

Ⅳ　土。武蔵野台地の南端にてボランティア仲間と共に一反の土地を耕している。日曜はこの畑で過ごすことが多い。野菜たちには教えられることばかりだ。

Ⅴ　家。一つの綿雲のようなものであった家族。子どもたちの成長とともに密度が緩み、薄らいでゆくのだろうか。

Ⅵ　山。山はいつでも、その山のやり方で抱擁してくれるのだった。

出版に際しては、六花書林の宇田川寛之氏に大変お世話になった。厚く御礼申し上げる。また、いつも私の短歌活動を温かく見守ってくださる「短歌人」の皆さん、作品発表の機会を与えてくださった方々、私の我儘をきっといつも許してくれているであろう家族、そして友人たちに感謝の言葉を心から捧げたい。

平成三十一年四月三十日

本多　稜

歌論・エッセイ

旅する短歌
——『国際短歌　TANKA INTERNATIONAL』

関東大震災のあった一九二三年、万葉集と仏和辞典一冊を携え、一人の日本人が横浜からフランスに渡航した。一九〇〇年生まれの長島寿義である。「日本人の手でなぜ日本文化を世界に知らせないのか」との考えを抱き続け、第二次世界大戦中は敵国人として収容されながらも、一九四八年一月、「短歌に依る世界平和への道」を実現すべく、ギャンヌ・グランヂャンとともに国際短歌の会（l'Ecole internationale du tanka）を創立した。

ここに紹介する『国際短歌』は、一九五三年から二十年余りに渡ってパリで発行されていた「Revue du Tanka International」（国際短歌誌）の日本版として一九五八年に刊行された。その二年前にアカデミー・フランセーズから「国際短歌誌」がフランス語賞を受けたことも出版の背景にあるようだ。この一冊には、ギャンヌ・グランヂャン集、長島寿義集などの国際短歌の会の創立に関わった歌人の小歌集や、日・仏・伊・西合同歌集が含まれている。ほとんどの作品はフランス語短歌だが、イタリア語、スペイン語、ガリシア語、プロヴァンス語の作品もあり、すべてに和訳がつけられている。短歌や国際文化に関するエッセイなども多く収められており、それらは書かれた当時の時代も感じさせるが、今読み返してみても、また今の時代だからこそ新鮮に感じられるものもあって大変興味深い。幾つか抜き出してみよう。

この短い詩型を通しての文化交流は、その効果の大きかるべきを疑はない……何となれば、短歌こそは、その十数世紀に及ぶ発展の歴史において、各時代のすぐれた歌人がしばしば教訓を残してくれたやうに、すべて、純粋なこころの誠実さから湧く愛の泉であるからである。

日本短歌の短詩型と精神を世界に移植すること、それがやがて各国人の知的接近ともなり、文化交流ともなる。

「日本版『国際短歌』に題す」佐佐木信綱

「国際短歌の会について」長島寿義

フランス海軍軍医大佐で詩人のアルフレッド・パルテも「短歌のおかげで各人が希望すれば毎日の散文よりは上品に気持ちよい形式で自分の日々を要約できる」といつてゐるやうに数多くの実作者が今日のフランスにゐる。

「フランス学士院賞」成宮芳三郎

なぜ日本の歌壇は今まで孤島であったか。戦争責任の追及と社会への前非も認められたが、なぜ東海の小島を脱出する動きがなかったのであろうか。

「十年のあゆみ」成宮芳三郎

真の詩である短歌は、余りに個人的な、余りに排他主義的な、そして余りにも怠惰な世界に、平和を再建するために、最も有効な、最も有用な詩型であることを、今やいよいよ明示してゐるのである。


国際短歌の会の目的を、東洋の諺に書きかへてみると、次のやうに要約できるだらう。「短歌といふ詩に於て、すべての人は兄弟である」と。

「ローマにて」レオ・マニノー

表現は簡単だが正確で優雅で繊細で、独立性が無ければならない。表現は短いがその暗示するものは、長く精神の襞に魅惑の跡を残すのである。ひとは驚かないだらうか、短歌といふ詩型が八世紀以前もの遠い昔から、形式も精神も変りなく歳月を超えて詠みつがれてきたことを。

「魅惑の詩型」ガストン・ルドンノー

私がこの一冊を大切にしているのは、短歌の在り方について様々な角度から示唆を受けられるということもあるが、何よりも集中の短歌作品が歌の転生について考えさせてくれるからである。一首引いてみよう。

Le soir, sous la brise,
Le cliquetis des rosiers
Est plus perceptible:
La douce chanson des feilles
Se mêle au parfum des roses.

夕方、涼風に
バラの木が鳴ると
一層よく聞える
葉のやさしい歌に
バラの香が混る

集中の作品の多くは、このようにフランス語の短歌に丁寧な日本語訳が付けられている。この作品の作者グランヂャンは、長島寿義と共に国際短歌の会を立ち上げた人で、『桜』（一九五九年）と『白菊』（一九六六年）という二冊の日本で出版された歌集がある。『桜』の自序において、「ゆっくりと読むことを要求する短歌は、人々を考（ママ）にふけらせてしまひます。その上、心のふるへ動くのとおなじリズムで、読者にその感動のすべてを伝へます。」「短歌を作らうとする人々は、脚韻はふまないがリズムのあるこの短い詩型に、『何か知らぬ』もの、それがほとばしり出てくる感情の深処でしか、また耳と心との感じ易さでしか感じられないもの、いはゆる『エスプリ』をつけ加へればよいのだと思ひます。」と述べているが、掲出歌にもグランヂャンの短歌観が美しく反映されているように思う。また、「日本では、短歌は自分の血で書くものだと言はれて居ります。つまり、魂の奥底から湧き出して来るものの表現でなくてはならないといふ事であります。が、私はなほこれに、地上のもの、天上のものについて絶えず観察をし、観照をすることによって始めてよい歌が作れるのだといふことを附け加へます。」と作歌理念にも触れているのだが、背景には「感覚よりも空想を土台としたもので、読者に深い印象を残さないことが余りにもたびたび」ある「西洋の詩」への批判がある。作歌姿勢をわれわれに問うている気がするのは私だけであろうか。

さて次に、歌の転生の試みを実践すべく、まずは掲出歌の一語一語に忠実な和訳を、短歌に変えてみる。原文を参照しながら試訳すると、「ゆふかぜに薔薇の木鳴ればよく聞こゆ葉のささやきに混じる花の香」、または「バラの木を夕風つつみ葉の音に薔薇の香りの混じりてゐたり」等のバリエーションが生まれる。短歌訳については、集中の長島の小論「再び短歌の翻訳について」も参考になる。「吾々は外国語で短歌を書いてゐます。外国語の五句三十一綴だと日本短歌の卅一文字より余計に色々なことが歌へます。これを邦訳すると大抵の場合長いものになります。それですからもう一度短歌訳にするには此中の主要部分を抜き取って一首に纏め、その他は言外へ含ませるようにします。」

原文を味わうのももう一つの楽しみで、カタカナで表すと、

ル　ソワール、ス　ラ　ブリーズ
ル　クリケティ　デ　ロジエ
エ　プリュ　ペルセプティブル
ラ　ドゥース　シャンソン　デ　フイユ
ス　メル　オー　パルファム　デ　ローズ

となり、日本語では基本的に各子音に母音がつくため各句の音数がそれぞれ十一音、九音、十音、十二音、十三音と計五十五音にもなってしまうが、フランス語で発音される母音（便宜上太文字で表記）のみをカウントすると、次のように五七五七七になっている。

ル　ソ**ワー**ル、**ス**　**ラ**　ブ**リー**ズ
ル　ク**リ**ケ**テ**ィ　**デ**　**ロ**ジ**エ**
エ　プ**リ**ュ　ペル**セ**プ**テ**ィブル
ラ　ド**ー**ス　**シ**ャン**ソ**ン　**デ**　**フ**イユ
ス　メル　**オー**　**パ**ル**フ**ァム　**デ**　**ロ**ーズ

言語が変わると、韻律と意味の量が必然的に変わる。例えば「ストライク」はス・ト・ラ・イ・クと日本語では五音だが、英語では二重母音ｉに子音ｓ、ｔ、ｒ、ｋが付く形となり音節としては一つである。非日本語の短歌において五句同拍数の定型にこだわるのであれば、五七五七七音を適用するのか、もしくは日本の短歌と同様の意味を保持するために音数を削減するのか、という両極的な選択肢がある。私自身は英語で作歌する場合、アクセントのある音節を二音分としてカウントすれば、大方日本語の短歌に相応するtankaになると考えてはいるが、英語の韻文には、シェイクスピアも愛用した一行十音節の弱強五歩格の厚い歴史があるので、日本語短歌の倍くらいの意味量を持つとしても、英語の五七五七七を短歌の一形態として捉えても良いのではないかと思う。一例として、ジェームズ・カーカップの「短歌の二つの定義Two Definitions of Tanka」を挙げたい。

The opening of
a paper fan — the rustle
of leaves in the wind —
a fountain of words, the voice
singing — and the fan closing

Tanka shapes itself
like a fresh egg — it starts from
the point of the shell,
filling it with the white of words,
and the song's yolk — to the rounded end.

原文を重んじると日本語の五七五七七には収まりきらないので、拡張短歌と称して五音七音を連ねて試訳してみると、例えば「蝙蝠扇（かはほりあふぎ）／開きゆく—風の中なる／葉つぱのさやぎ—／言葉の泉、歌うたふ／声—そして扇閉ぢゆく」「短歌のかたち／新たまご—殻の先より／ひろがりはじめ／満たしゆく言葉の白身、／黄身の歌—まるく終はりぬ」となる。一方で英語短歌への返歌として他のバージョンも考えてみる。カーカップのセット作品の総音節数は六十余りなので、それにふさわしい短い歌の定型詩として、中国の詞「蝶恋花」を援用する。蝶恋花は双調六十字、七・四・五・七・七文字の二セットから成る定型詩。カーカップ作品に呼応して英語版の私的蝶恋花を試作する。一首目のみ挙げる。「The wind is calling. Ride on./Now find song seeds./Then raise and bloom them./Again, when a song is fixed/in a form, the wind has dropped.」本来の蝶恋花は韻を踏み平仄の決まりもあるが、ここでは短歌なので韻は踏まない。さらに英語版を日本語版へと拡大解釈を試みる。中国語における漢字一文字分の意味量を考慮し、先ほどの拡張短歌で用いた五音七音に即して作る。「われを誘ふ風に乗り／歌種みつけ／育て、花を咲かせて／またひとつ歌のかたちに／定まれば風は止みたり」。こうしてグランヂャンのフランス語の一首が、音数律の観点から英語の短歌を導き、その日本語訳への照射がさらに中国の伝統的な定型詩である詞を呼び寄せることになった。

『国際短歌』を読み返してみて、今回は詩型の考察を楽しみながら深めることになったが、この一冊は国籍の異なる歌人の短歌に対する熱い思いが詰まっているだけに、いつかまたこの本に立ち返ることがあるだろう。それにしても六十年以上も前に、遥かパリの地において「短歌に依る世界平和への道」を理念とする国際的な文学運動が起こっていたことに驚くばかりである。

（新星書房　昭和三十三年四月十日発行）

（「短歌人」二〇一九年四月号）

樹間の径

――一首目、結びの歌

短歌の連作には樹木の連なりというイメージがある。木の連なりと言っても、木立、林、森と文字を見ての通り、木の密集度合によって名称が違う。これはそのまま連作にも当てはまるだろう。数首の連作は木立、二十首くらいまでは林、それ以上は森といった感覚だろうか。一つの作品としての連作は、作者が提示した歌の連なりに、読者が最後まで読み通すミチを見いだすことで鑑賞される。ミチは道や路というより径。径は通り抜けるための場所である。効率的に移動するために加工された道や路では、進行方向に注意を払い周囲のディテールは見落とされ、作品を最速で読み通すことが目的になってしまう。興味を惹かない一連ともなると読者は迂回路をとって読み飛ばすこともあるだろう。大昔の技術では道路を通すことはできなかった森にも、通過するために径は存在していた。一首目が読まれないことには、径に入れず次に進んでもらえない。二首目以降すべての命が最初の歌にかかっているのである。読者が迷うことなく一連を味わいながら通り抜けるための径の入り口を用意するのが連作一首目の使命なのだ。例歌として連作の一首目の歌を最近の歌集から幾つか挙げてみたい。

三叉路のまた三叉路の三叉路の　いつしか深く入り込んでゐる

『ナラティブ』梶原さい子

一口に五七五七七と言っても、押韻や声調などの縛りのない短歌のパターンには様々なバリエーションがある。その総体が連作であり、読者は、使われる言葉とそのイメージのみならず、リズムや音調、文体が語るメッセージや作者の視点などを認識しつつ全体の構成を把握し、作者が提供した場に径を見つけていくことになる。歌の、特に連作の読みは、作者が短歌形式で語る自身のストーリーから、読者がそれをもとに自身のナラティブを紡ぎ出していく行為とも言えよう。掲出歌は、「久高島（くだかじま）」の最初の歌。タイトルは楽曲でいう発想記号や速度記号を示唆するものでもある。この連作の場合、タイトルが沖縄で最も神聖な場所とされている地名なので、「荘厳に」というイメージを持ちつつ最初の歌に入ると、リズミカルにあかるい調子でサ音を繰り返し、一文字分の空白を置いてから下句では口を最も狭くして声を出すi音で句頭を揃え、口を最も大きく開けて声を出すa音が五割弱を占める上句とは対照的に展開する。明快でわかりやすい言葉の繋がりだが、一首の中で長調から短調に変わってゆくような音調が作品に深みを与えている。一人の読者としては、読み終わって見事に久高島に連れ立されたと気づくまもなく次の歌、その次の歌を読み進み、自分なりの読みの径を探しつつ辿ることになった。招き入れておいて背中を押すような一首目の歌により、以降の歌で示されてゆく作者の感情を道標として作品空間を旅することができた。作者が歌で提示するストーリーにひそむ因果律と、読者の意識や記憶が触れ合うことでナラティブが生まれる。それを可能にするのは一連の包容力しだいだが、一首目の誘引力によるところも大きい。

ひとのよのたやすきことなくてただに歩くし
かなくて

『ひとふりの尾に立てる』髙橋みずほ

楽曲的にとらえると短歌の連作の長さは、五七五七七の各句からなる五小節に次の歌との間の無音の部分を足して、それに歌の数をかけたものであると言える。歌と歌との間の音的間隔は、作品によっても読者によっても異なる。歌集でいえば、一ページ当たり二首、三首、または四首で組んだものとでは、視覚的のみならず次の歌を読み始めるまでの時間的感覚も異なる。一首の後に、二呼吸分の長さの詩とも言われる短歌の一呼吸分の休止を深呼吸のようにとることもあるだろうし、テンポの速い連作では一小節分の休止ということもあるだろう。歌の授受は、コトバの独奏曲の楽想、ときには楽譜ともいえるような連作を作者から差し出され、読者が指揮者よろしく読み進むことで行われる。その成功の度合は両者間の信頼の度合や相性の良さにも左右されようが、髙橋の歌は読みのリズムを読者に大きくゆだねている。筆者は、各句を五、六、三、三、八音で読んだ。三十一文字に足らぬ計二十五音の、音符的には字足らずだが休符的には字余りの歌である。五小節の長さで読む歌に無音の部分が多いと、必然的にコトバの凝縮度が増す。歌における無音部分は、声が出ていないぶん力が蓄えられることになり、次に声に出される音に弾みをつけるからだ。歌の音数も作者のメッセージの一つだと思うが、髙橋の作品は平明な言葉を選んでいるだけに純度も高く、読者に花の蕾を受け取って自分で咲かせながら径を見つけて行ってくださいと言っているかのようで風通しが良い。歌集『ひとふりの尾に立てる』は「かたい足型」から始まり、その最初の歌が掲出歌である。八音の字余りの早口で読ませて言いさしで終わる結句は、読者を髙橋の作品世界に放つかようである。

風が木をゆらすか空を樹のうでが捌くか夏がむきだしの森　『プレシピス』加藤英彦

連作の表現の仕方には幾つかの類型がある。例えば先に挙げた梶原作品はストーリーラインを追う短編映画のように線的な、髙橋作品は空間を広げつつ世界観を示す絵画展のような面的な展開の連作の最初の一首だ。他にも時空間の密度の高い歌劇的な連作があり、ここにその一首目を挙げた加藤の「森とトランプ」がその一例である。「風が木をゆらすか」と景を述べつつ問いかけ、「樹のうで」と擬人法を用い場面を変容、結句を観念的に「むきだしの森」と体言で止めてイメージを膨らます。「木を」「ゆらす」、「うでが」「捌く」と主語と述語がそれぞれ別の句に属することで句と句の間の無音部分に躊躇いを語らせ、濁音が重たく響く。一連の最初に置かれたこの歌には、オペラハウスに序奏が流れ緞帳が上がり、舞台装置が見え始めるような効果がある。言葉のコノテーションを共鳴させて時空間を圧縮した、緻密な構成のこの連作は十四首からなり、実験的なシェイクスピア風十四行詩(ソネット)としても読むことができて大変興味深い。イタリアに生まれ各言語の特性に応じて発展してきたソネットであるが、その一つ、シェイクスピアがその名手だったことで名付けられたシェイクスピア風ソネットは四行連三つと二行連一つからなり、三つ目の四行連ではテーマの転換が行われるのが一般的だが、「森とトランプ」においても九首目にて「幕おりてポケットにしまう骨片のごとき樹氷や雨の匂いも」と場面転換しており、さらに九首目から四首連続で名詞止めを用いておらず、まとめ部分に相当する最後の二行連となる二首の名詞止めとが押韻的なコントラストをなしており、ここでもソネット的である。十四首全てを挙げられないのは残念だが、結びとなる最後の二首は「花首をあかるき午後の窓におく陽に晒されていたる死の量」「あの日から失せたるままの一枚を尋ねて、消息の知れざるJ(ジャック)」で、不穏ともいえる含みのある一首目からの流れを、最後に名詞止め二首を並べて置くことで余情ゆたかに受け止めている。

＊

ここで結びの歌についても考えてみたい。言うまでもなく結びの歌は一連の後味を左右するものである。総括的にイメージを提示して余韻を響かせる歌もあれば、消え入るように余韻を長引かせる歌もある。ちなみに、梶原の「久高島(くだかじま)」は六首構成で結びの歌は「ひとつかみの砂されされと手の間よりこぼれ落ちきるまでの島影」と、「島影」が余韻の方向性を示すかのような収め方である。髙橋の「かたい足型」は、多く言葉数を絞った貴腐ワインをおもわせる歌を五十九首並べ、「未来へと不安かかえて冬の海泡の間近に来てきえる」を最後に置く。一連に頻出する七五の下句がこの結びの歌でも用いられ、続く歌の幻を呼びつつ、読者がものがたりを引き継ぐことをゆるすような、開かれた終わり方である。

結びの歌は、読者には提示された歌の連なりを辿り紡ぎ出したナラティブの径の出口となる。作者にとっては、一連の味わいを決定的に印象づける最後の一首。言葉と音の意味の森を出てゆく者の背中が見えているか。ここにも短歌の読みのスリルと楽しみがあると思う。

最後に、筆者自身の考えを述べておきたい。作歌は、自分が体験したことや見聞きしたことを、意味と音の最適な組み合わせを探りながら再現性を高めていく手段であることが基本だと思っているので、連作の制作においては、いつか別の機会に読む時のためにも、その一連のもととなるイベントの意識の流れの最初と最後を示す歌が、連作の両端となる。他者である読者との出会いを願いつつも、十年後の自分も読者の一人として想定している。一例を挙げる。二十年以上前に作った「蒼の重力」は、「モンブランの頂に立ち億年をゆるりと泳ぐ山々と逢ふ」で始まり「太陽の耳を嚙みたし頂に辿り着きなほ渇きゐたるを」で終わる四十七首組の山岳詠だが、読むたびに異なる径を取ることとなった。作成時の自分の爪先が切り開いた径が、時を経て双眼鏡で背中を追う径に変わり、今ではドローンで俯瞰しつつ捉える径になったと感じている。同じ連作を読むゆえにかつての読みの径を大きくそれることはないが、視点の位置が以前と異なると、味わいの変化や厚みも楽しむことができる。連作の両端の歌は、その一連の熟成可能年数を左右する。悔いの残らぬように配置することを心掛けたい。


（「花壇」二〇二一年四月号）

豊かさの変遷

この朝クロワッサンちぎりつつ今はどこなる
一生の中のどこなる　　高瀬一誌『喝采』

歴史は韻を踏むというが、発生から二年以上たっても収束の見えないパンデミックに加え、国連安保理の常任理事国の一つが大陸の真ん中で隣国を侵略するという事件を目の当たりにすると、現代が逆流しているようにも感じる。このところ、掲出歌と同じように、朝食を取りつつ同じような思いを巡らす人もいるのではなかろうか。私もその一人である。それにしても近所のパン屋さんのクロワッサンが小さくなっていくのを見るのは悲しい。地球の土は痩せてゆくばかり。飲食という命をいただく行為も今までのようにはいかなくなるだろう。月や火星に岩石の屑としての土はあっても、命を育む土壌は地球にしかない。国連食糧農業機関の土壌分類において、最も肥沃度が高い土壌はチェルノーゼムとよばれる黒土である。この「土の皇帝」チェルノーゼムは、今年の播種が懸念されるウクライナの黒土の六割を占めている。日本の畑の半分弱も黒土だが、黒ボク土という火山灰由来の痩せ土で、同じ黒土でもチェルノーゼムとは性質が対照的だ。日本は高度経済成長期に重化学工業が盛んだったこともあって痩せ土に化学肥料を投入し、土壌の改良に励んできたが、一部では過剰施肥となり、土壌に元々ある浄化能力を越え、環境汚染の原因となっている土地もある。また、日本の食料自給率は、前世紀前半の九割弱が平成に入り五十％を割り込み、現在は四十％に満たない水準となっているが、世界人口はまだまだ増加中である。経済成長を背景に日本は飽食の時代を謳歌するまでになったが、その過程で飲食に対する考え方も、その短歌への反映も変ってきたように、今後も変化してゆくのだろう。『失われた時を求めて』のマドレーヌならぬ、クロワッサンの一首が、ここに述べたような様々な事象を呼び起こしてしまったが、飲食の歌を通して、「今はどこなる一生の中のどこなる」を考えてみたいと思う。

たのしみはまれに魚烹（に）て児等（こら）皆がうましうましといひて食（く）ふ時
『橘曙覧遺稿志濃夫廼舎歌集』

田を作り食をもとめて施せば命あるものみな服すらむ　二宮尊徳『道歌集』

出発点として二首挙げる。思えば昭和に入っても凶作による全国的な飢饉が発生していた。橘曙覧の歌は、自然循環の小さな一部としてヒトの営みがあり、自然の恵みを慎ましく享受していた頃の、食の原風景の一つともいえよう。二宮尊徳の歌は、大地を切り開く人間の意志と姿勢を強く反映する。近代化以前、食糧増産のためには開墾が主な手段だった。豊かさへの祈りすら感じる歌である。現代に至るまでの歴史を振り返ると、人類は地球に出現して以来、長らく飢えとの闘いで食うや食わずの生活を続けてきた。食べるものは、狩猟採集か、人力を基にしたいわゆる有機農法で得るしかなかった。前世紀初頭に農業の工業化が始まって、ようやく食糧に不自由するようなことが少なくなった。

いはしろの稲のいのちの伸びてゆく会津のそらの肥えを吸ひつつ　本田一弘『あらがね』

おむすびの新米一粒一粒の弾くを見れば秋風つよし　宮原望子『これやこの』

トレーラーに千個の南瓜（かぼちゃ）と妻を積み霧に濡れつつ野をもどりきぬ　時田則雄『北方論』

春浅きローマの古代遺跡にて野草を摘める媼（おうな）に遭（あ）ひぬ　渡辺幸一『霧降る国』

飲食の営みはいつの時代も本質的に変わることはない。本田の歌は何百年も変わらない光景を読んだものだろう。空を食む稲を育み、それを糧とする人々と土地の歌。江戸前期の『会津歌農書』には〈さをとめの連もみださぬ雁行に農のしハざの正しかりける〉や〈五月乙女のつらねし袖や匂ふらむいばらの花のひらく田面は〉等の歌が並ぶ。稲苗と早乙女の若き命の共鳴を、空を映す田のおおらかな静けさの内に見る。

一粒万倍の米の力みなぎる宮原の歌は、日本の主食の頼もしさを感じさせる。日本人が米で育ってきたことをつくづく思う。昔から変わることのない日本人の主食の原点である。

時田の歌は大規模農業の歌。南瓜千個という量に驚く。食材を供給する側の重労働を詩的に詠んだ。食の背景の歌。

渡辺もいつの世も変らぬ営みをうたう。ローマの古代遺跡に野草を摘む老女を見て詠んだ歌だが、『万葉集』の巻頭歌も〈籠もよ　み籠持ち　掘串もよ　み掘串持ち　この岡に　菜摘ます子　家告らせ……〉と野草摘みで始まる。野草は、とても人間的な植物だ。弱肉強食の自然界において、生存競争に強い植物は森などの植物にとって恵まれた条件下で生命力を発揮するが、野草など雑草とも呼ばれるものは、強い植物が育たない場所を好む。そこは人間が暮らす場所でもある。そして人類は野草を品種改良して野菜を作り出すに至った。野菜は野草にも増して人間臭く、芽を出す前の段階から世話をしないと育たない。さらに、野菜は、育て方を間違えると、つるボケという現象を起こすことがある。例えばトマトでは、茎が太く葉は生い茂り、いかにも成長著しいように見えるが、花をつけず実も実らない。土壌に栄養分があり過ぎたり、種まきが遅れて寒さを知らず育ったりすると、なにか勘違いして自分だけが与えられる恵みを享受して大きくなればよいと思うのか、次の世代のことを考えようとしない。種のもととなる花を咲かせようとしないので、緑の化け物のようになってしまうのである。現代の人類にも、一部つるボケ気味のところがあるのではなかろうか。とはいえ、人類は飢餓を克服し、豊かな食生活を実現した。

粗食から飽食へ。やがてそれが当たり前になった。もはや意識されることのなくなった感のある豊かさを背景に、飲食の対象となるもの、またその行為に心をうつした作品が多く生まれた。飲食は時代を反映することにも注目したい。

目の前を時計回りにめぐりいるもと回遊魚の
まぐろのにぎり
　　　杉﨑恒夫『パン屋のパンセ』

シャブリから鮑ふたたびシャブリへと夏あさ
き海に舌はあそべる
　　　加藤孝男『十九世紀亭』

白絹のような仏蘭西わいん飲む土曜の夕べひ
との夫と　松平盟子『プラチナ・ブルース』

飛騨牛(ひだぎゅう)のしもふり牛刺(ぎゅうさ)し酒うまし花冷えの夜
の身のぬくもらん　　　宮英子『海嶺』

秋である。やさしさだけがほしくなりロシア
紅茶にジャムを沈める　小高賢『耳の伝説』

一度しかない人生の一度目を生きて迷えり昼
のメニューに　　　松村正直『紫のひと』

生きてゐて何するでない一つ身はおでんの為
にローソンへ向く
　　　小笠原和幸『黄昏ビール』

まるき蓋ぽきりとまわしてはずしたりペット
ボトルの水を含みぬ　桜井健司『平津の坂』

さて、飲食とはどこからどこまでが飲食なのか。その対象を目に入れた時、準備ができた時、口に入れた時、消化開始時または終了時、あるいは排泄されるまで、と人間の立場からはいろいろと考えられるが、飲食される側からすると、人間の体内は一つの通過点であって、循環サイクルの一部分に過ぎない。この循環サイクルを地球全体で見ると、環境へのダメージが著しく痛んでおり、昨年、初めて、地球温暖化の原因は人間の活動が原因であると国連の「気候変動に関する政府間パネル」は断定するに至った。地質年代で表される地球史に、人新世という新しい区分を設ける動きもある。それほどまでに人類の活

動は地球環境や生態系に大きな変化をもたらした。事実、既に地球の地表は、食料生産用の土地や社会経済活動のための施設やそれらを結ぶ道路など、人類が作ったもので覆われている。

真昼　紅鮭の一片腹中にしてしばし人を叱りたり　　髙瀬一誌『喝采』

私も環境を自分の都合の良いように解釈してきた者の一人だが、この歌を自分のものとして読むと、平成時代の私であれば、鮭を腹に収めて私が他人を叱っている場面であり、令和の今では腹中の鮭が私の人となりを叱っている場面となる。他にも、飲食という行為をより大きな視点で捉え、社会や環境の歪みを様々な角度から提示する作品はあまたあり、多様な人生観や世界観を垣間見せてくれる。

まだ得るものがあるちぐはぐさプーアル茶淹れてしずかな午後の脳溢血
加藤治郎『しんきろう』

緑茶は酸化酵素を失活させて作るが黒茶プーアルは微生物発酵。現代の不可解な意味の乱反射の眩さを鎮める一杯。

ああハイジ白パンばかり食べている日常かくも罪深くあり　　松村由利子『鳥女』

かつて小麦農林十号は海を渡り食糧危機から世界を救った。今、日本の小麦自給率は約一割で米余りが続いている。

下野（しもつけ）で馬四頭盗み売り飛ばすどこへいっても桜肉　髙橋みずほ『ひとふりの尾に立てる』

一矢としての一首を追いかけてナラティブを一つ得る。農産物を金融商品に変えて売り込む大国の貿易戦略をこの一首に見てしまった。

社の中の歌詠みのごと唐揚げにまぎれてゐたる搔き揚げあはれ　　田村元『昼の月』

人材も消費され消化される。〈俺は詩人だバカヤローと怒鳴つて社を出でて行くことを夢想す〉(『北二十二条西七丁目』)の進化なのか熟成なのか。この「あはれ」は天晴だと思う。

花冷えのミネストローネ　いきること、ゆたかに生きること、どうですか　　笹川諒『水の聖歌隊』

野菜が何種類も入った具だくさんのスープに、「今はどこなる一生の中のどこなる」をまさに問うている一首。

パン粉につつまれ俺はフライになるならむ天婦羅になるおまへとわかれ

花鳥佰『逃げる!』

問題だらけの世の中に勝ち負けなんてものは無く、あるのは選択の結果のみ。歌集名のタイトルも示唆的だ。

崩れたら終わりではなく苦しさも豆腐に混ぜて食べてしまおう　　野村まさこ『夜のおはよう』

定時制高校の「保健だより」として纏められたこの歌集の「おからメンタル」という一連では「豆腐メンタル」も詠まれている。万能食材の豆腐は迷える若き心も救うのだった。

たまねぎは宝玉に似て小一個皮むけば手のひらに乗せたり　　今井聡『茶色い瞳』

命に対する愛おしみと慈しみがあれば心はどこま

でもゆたかになれる。視点とその見詰め抜く力に注目した一首。

言うまでも無く飲食によって命は維持されている。食べてエネルギーを得て健康を保ち、飲んで水分が半分以上を占める体の温度を調節する。地球の痛み具合を見る限り、人類による物質的な豊かさの追求は軌道修正を求められている。地球の命を維持するために、また共存させてもらうために、そして先ずは自己を保つために、今までの価値観の垣根を取り払って、様々な声に耳を傾けたい。短歌はたった一行で心の価値を示す有難いものでもあるが、中でもダイレクトに命に繋がる飲食の歌は、今にも増して価値観の多様性を与えてくれるものと期待している。

（「短歌人」二〇二二年五月号）

解説

作品が読者を選ぶ
――歌集『蒼の重力』

佐佐木幸綱

「蒼の重力」が歌壇賞を受賞したときたまたま選考委員の一人だったので、誰よりも早く「蒼の重力」一連を読む幸運にめぐまれた。私はむかし、文芸雑誌の編集者をやっていたせいで、最初の読者かどうかといったことにこだわりがある。「これは君が一番最初の読者だよ」、三島由紀夫さんがこう言いながら詩の原稿を手渡しでくれたことがあった。「F104」という長編詩である。そんな昔話を思い出す。

朝霧の絹地の裾を引き上げて母なる山は脚見せたまふ
風向きの変はるつかのまちぎれとぶ雲の間(あひ)より山走る見ゆ
大空を牽きてザイルのくれなゐの色鮮やかに懸垂下降
オーヴァーハングの下にて待てばカラビナに伝はりてくる来いといふ声

まっさらな雪、だれ一人まだ滑っていない雪の斜面をスキーで滑るときのような、贅沢な気分で「蒼の重力」を読んだ。

なんとも大らかである。擬人法が新鮮だ。作中の色彩の鮮明さ、音声の明るいひびきが独特である。山に対する謙虚な思慕が、アニミズムのかおりをただよわせている。今読み返しても、最初の読者として「蒼の重力」に接したときの感動が思い出される。

さらに、一連には「分からない人には分かってもらわなくていいよ」という姿勢が見てとれて、そのいさぎよさが私には新鮮だった。近年は読者を過剰に意識する短歌が多く、人目をあてこんだ厚化粧の短歌が多い。読者に選ばれたがっている作品は下品だ。登山という特殊な題材にもよるのだろうが、「蒼の重力」の白粉っけのない健康な素肌そのままのような感じに、私は好感をもった。たとえば、引用四首目の歌は「オーヴァーハングが分からない読者は読んでくれなくていいよ」と作品自体が言っている。

　私の場合、大学時代の友人に登山オタクというか、山のことだけを考えて生きている男がいた。彼のおかげでカラビナとかアイゼンの実物に触らせてもらったことがあり、かろうじてその使い方も知っている。彼の仲間と山の話を肴に徹夜で酒を飲んだこともあった。友人はその後、谷川岳で転落してザイルで背骨をいため、一生腰痛と共に生きることになったが、私は彼の影響で登山家の書いた本を何冊も読むことになった。「蒼の重力」の魅力を、私が多少とも理解しえたのには、そんな背景があった。

　こんど歌集の校正刷りを見ると、「蒼の重力」は、初出時と歌の順序を変えたり、新作を加えたりし、かなり手が入れられているようだ。初出時にはなかった詞書があらたに入れられた。詞書といっても、数字だけで、分からない者、興味のない者には、無意味な詞書である。その素っ気なさがいい。

前線の翼に空を洗はせて山は高さを新しうせり

くれなゐを闇にしづむる雪嶺よ眼を灼やく山の一切放下（はうげ）

綿のごとき霧の中行くおのれとの絆あらたに結び直して

月光に爍（はしや）ぎて先をゆく影のわれを抜け出てしまひさうなり

　初出時にはなかったこれらの歌が、歌集編集時に加えられた。どれもいい歌だと思う。何ものにもへつらわないどっしりとした山の存在感。あくまでも輪郭鮮明な人の存在感。

　山も人も、他者の目を意識することなどまったくなしに、おのれ自身のために存在している。この存在感は、作者の精神のたたずまいをそのまま表現してるようだ。読者に選ばれるのではない。作品が読者を選ぼうとしている。

（『蒼の重力』栞）

行動する肉体と心
――歌集『蒼の重力』

栗　木　京　子

作者の本多稜さんは登山（それも本格的な）を好み、スキューバダイビングの趣味もあるらしい。さらに、旅というより冒険と呼んだ方がふさわしいようなさまざまな土地への旅行体験も重ねている。歌集『蒼の重力』の作品にはそうした折々の〝行動する肉体と心〟がじつに生き生きとした臨場感を伴って詠み込まれている。

モンブランの頂に立ち億年をゆるりと泳ぐ山々と逢ふ
風向きの変はるつかのまちぎれとぶ雲の間(あひ)より山走る見ゆ
岩尾根の氷の花を打ちはらひマッターホルンを組み伏す我ぞ
晴天に胸を開きてしろたへのモンテギーユの岩壁迫る
霧雲の腰布(サロン)の内を登るのみグヌンアグンは頂見せず

前の四首はアルプスの名だたる高峰に挑んだときの歌。五首目はバリ島のアグン山に登ったときの歌である。汗臭さや荒い息づかいで押してくるのではなく、どの歌も骨太でありながらどこかつややかなエロティシズムを湛えている。一首目では〝山は聳え立つもの〟という固定観念を打ち破って、モンブランを億年の時空の海に泳がせている。二首目も雲が走るのではなくて山の方を走らせている視点が斬新だ。三首目はマッターホルン登頂の昂揚感を「岩尾根の氷の花を打ちはらひ」の軽やかな動作に託していて、何とも格好良い。四首目で「晴天に胸を開きて」と表わされているのは作者自身とも読めるが、私はモンテギーユのことだと受け取りたい。空に向かって白い胸をひらいているモンテギーユの岩壁を一人の青年が登ってゆくのだ。「しろたへの」という古語（枕詞としても使われる）が匂いやかに響き、動的な場面にやわらかさを添えている。また表記の上でも「晴天」「岸壁」の漢字の硬さと、「モンテギーユ」のカタカナ地名のエキゾチシズムと、「しろたへの」のたおやかさとが一首の中でバランス良く溶け合っていて、無理がない。山の中腹を覆う霧雲を「腰布」にたとえた五首目も個性的だ。腰布に現地の言葉でサロンとルビを振っているのが周到。黙々と腰布の内側を進む自分の姿を、遠いところから客観しているもう一つの視線が、歌に奥行をもたらしている。

　山はフランス語でたしか女性名詞だったと思う。これらの歌の擬人化された山々の表情を読んでゆくと、たとえ険しく危険な登頂であっても、いや険しく危険だからこそ、登山とは大いなる自然の女体にいだかれることなのだなあ、と納得させられる。

　　はぐれたるマンタへうへうらうらうと　われは応えて流木になる
　　おお地球に呑み込まれたぞ砂嵐の中をひたすら列車は進む
　　聖戦（アル・ジハード）モラトリアムのわが前を颯爽と死にに行く同世代
　　まほろばの吸ひつくやうな肌（はだへ）かなうまさけ三輪の春の空気は
　　すぎゆきはさらさらさつと狩野川の潤香（うるか）のことも忘れたりけり

　登山の歌のほかにも、『蒼の重力』にはいろいろな世界が描き出されている。一首目はエジプトで海に潜っているときの歌。マンタ（鬼糸巻鱝）を追って海中に漂う自在感が伝わってくる。オノマトペ「へうへうらうらう」のしらべが耳に心地好い。二首目と三首目は第Ⅱ章に収められている「原景」一連の中の歌。この一連には大学三回生の夏休みにユーラシア大陸を横断したときの手に汗握る体験が克明に綴られている。中東を詠んだ掲出歌にはグローバルに

自己や他者や社会へと発する問いかけが脈打ってい
る。一方、四首目と五首目は海外勤務を終えて帰国
してからの歌。帰国後は日本各地を訪れてなつかし
い自然や伝統的な文化に心を寄せた作品が増えてく
る。掲出歌では万葉集や中世歌謡の言葉を自然体で
取り入れていかにも楽しげに詠んでいる。それまで
どちらかというと漢字やカタカナが効いていた本多
さんの歌に、今度は和語が滋味深い照り翳りを与え
るようになり、新たな魅力が加わったように思う。
それから最後にもう一点、本歌集には力のこもっ
た連作がいくつもあって注目したことにも言及して
おきたい。第一歌集というと、ともすれば断片的な
作品を並べただけに終りがちだが、『蒼の重力』はそ
うではない。巻頭の「蒼の重力」一連をはじめとし
て「原景」「冬祭」など、質も量もともに揃った連作
が収められている。その緻密な構成力と粘り強い修
辞からは、作者が表現者として並々ならぬ体力をも
っていることがうかがえる。これからも天頂で、海
底で、そして地上でのさらなる作品世界の充実を期
待している。

（『蒼の重力』栞）

つよい旗

——本多稜点描（歌集『蒼の重力』）

小池　光

この人が歌壇賞を受賞したのは一九九八年、前後して「短歌人」に入会してきた。歌壇の登龍門をみごとに突破した人が結社雑誌の新入生となるのでちょっとこちらはとまどいを覚えたはずである。しかしこの青年はそんなこせこせした思惑などどこ吹く風で、情熱の火を消さず、淡々と堅実にじぶんのスタイルを磨き、こうして最初の歌集が出る。爽やかで痛快だ。

「短歌人」に入会する以前、どこかで短歌の基礎訓練を受けたようなことは、ないらしい。誰しも習作期のような段階を踏んで少しずつ短歌のスタイルを身につけてゆくはずだが、この人に限ってはどうもそういう必要もなかった。はじめからこういうかたちですでに短歌である短歌を作り、作り貯め、歌壇賞に応募していきなり受賞してしまった。稀にこういう人がいる、という人である。

この歌集の特色は誰の目にも明らかで、際だって主題性が強い。明瞭な主題を一本ふとぶとと貫いて、一連をまとめてゆく。近頃見なくなってしまった、濃厚なメッセージ性をたたえる、分厚い歌群である。

その主題は多くが旅に関わる。旅のただ中から旅そのものを思索の対象にして、イマジネーションがはばたく。そして、その旅のスケールがなんとも半端でないことがこの旅の歌集を際立たせている。

右手のみで飯食ふことに慣れし頃「アフガニスタンをまだ見たいのか」

自動小銃突きつけられてパスポートを出せばJAPANの字が読めぬらし

旅にのみ己は在りと信じをり二十歳ユーラシアを横断す

「原景」という一連の歌だが、旅の原風景となった学生時代の体験を歌っている。リュックを背に世界を放浪する若者は珍しくないが、この歌のような土地土地の最深部まで参入してしまった体験を持つ者は稀だろう。まして彼等の中でそれを短歌に刻む者は稀にも稀、この作者以外にはみたことがない。旅の歌はこういう時代にあってはそれこそ日常茶飯事だが、そのほとんどは観光であり、旅行会社の企画、引率による日本人の団体旅行が実態である。それに対してここには旅という冒険、旅という真率な行動がある。めざましくもあざやかな行動のかがやかしさだ。忘れかけていた行動する青春をみるおもいだ。

　二十歳のユーラシア横断を出発にして、地球の至るところに足跡を刻む。山あれば山に登り、海あれば海に潜る。ただの尾根道登山でなく、ザイルやアイゼンを駆使する本格的登山である。ヨーロッパアルプスだけでなく、モロッコのアトラス山脈とかメキシコの山々とか、そういうところにも登る。そして短歌がかかる行動の「記録」であることに決して満足せず、それを文学の「主題」にしようと格闘しているところに打たれる。不器用だが、信頼に値する。

　握手（シェイクハンド）しながら殴り合ふ心この野郎目が笑つ
　　てゐない
　またお前は日本を主語にしてゐると指摘され
　　つつ三杯（パイント）目
　フランクフルトからロンドンに異動させ即座
　　に解雇せし米系は

　その行動する青年の職業は、こういう世界資本主義の最前線で格闘するすさまじいものである。大いに意外であり、落差におどろくが、よく読んで行くとこれもまたアクティブな行動の現場にほかならず、一脈も二脈も相通ずる感覚があるのは新鮮である。資本という無国籍の非情の論理と正対するとき、むきだしの個人は、また旅の渦中に投げ出されている流浪者に等しい。そして、こういう突出した行動派とみえる当人は、会えば痩身の身を持て余すばかりの、むしろ繊細な印象を与える寡黙で礼儀正しい青年なのである。もっとも話をしているうち、剛直な光を放つまなざしの鋭さの、ちょっとただものならぬ感じに気がつくのだが。

その他、伊藤若冲を主題にした一連や、日本の土俗に降りて行こうとする一連、わが子の誕生をめぐる一連など、まことに多彩だ。

短歌は、このようにカタマリとして、主題を前提にしてはじめて開花するという一面を持つ。この作者にはいわば「折々の歌」がない。現代という無主題の時代に真っ向から切り込むべく、この歌集はあきらかにつよい旗を掲げている。

（『蒼の重力』栞）

生命力の力学的表現
——歌集『蒼の重力』

篠　弘

いつになく爽快な気分で、一冊を読み通すことができた。やはり男歌の世界である。

私などが体験してきたものは貧しい。この一冊を読むと、妙に慎ましい所に生きてきたように思えてならない。「都市」という場所に執着してきたことを痛感させられた。

はじめの山の歌がいい。

モンブランの頂に立ち億年をゆるりと泳ぐ
山々と逢ふ
頬削りわれを過ぎゆく烈風の狂(ふ)れんばかりに
空磨きをり
岩尾根の氷の花を打ち払ひマッターホルンを
組み伏す我ぞ

一首目の〈ゆるりと泳ぐ〉という感じ方が魅力的で、大きな自然への畏怖をしめす。二首目の〈烈風〉は、下句の擬人法が衝撃力をもつ。三首目の尾根を〈組み伏す〉という迫り方も、生命力がみなぎる。

総じて山の歌は、遠望する綺麗事ではなかった。生身の自分に「力学的なもの」を喚起する。そこにフレッシュな勁さを感じる。

次に注目したのは、ロンドンの業務における葛藤で、私には身近なものに思われた。

いっぽんの樹の無駄死にが確定す一部屋分の
書類捨てたり
握手（シェイクハンド）しながら殴り合ふ心この野郎目が笑つ
てゐない
またお前は日本を主語にしてゐると指摘され
つつ三杯（パイント）目

己が部署が閉鎖されていく、その渦中での痛みの表現は、読み手を惹きつける。そのいきさつを知らない者をも、かなり強引に呼び込む。一首目の下句における過剰な表現も、気にならない。二首目は、煮えたぎる思いを隠さない、下句の口語が生きている。三首目の〈日本を主語にしてゐる〉という評言を詠み込んだ、その着想が新しい。グローバルな視点がもとめられるきびしさは、なかなか文学に表現されてこなかった。

私なども業務に関わるモチーフを詠んできたが、どこまで読み手に共有してもらえるかに腐心した。わかってくれる人は必ず存在するのであって、〈合理化のゴールが見えて合理化の担当者にも解雇の通知〉といったように、わかりやすく説明する必要はない。ここに引いた三首目の、いい知れぬ悲憤とアイロニーが独得であり、そういう意味からは〈フランクフルトからロンドンに異動させ即座に解雇せし米系は〉も、他人事のようである。

しめくくりに子の誕生の歌を引く。

暗闇に咲く朝顔の一輪をふぐりとぞいふ胎の
　　わが子の

いも虫が小猿に進化するさまを吾子はじめて
　　の寝返りに見つ

新しき我への橋は架かりたり吾子の擬宝珠の
　　頭を洗ふ

　この子を詠んだ歌は、じつに類歌を超えようとする努力が払われる。折から出版の激務にあった私は、ついに子の成育するさまを詠まずに過ぎてしまった。むしろ海外の生活に翻弄された作者が、たしかに摑んだ家族の場をいつくしむ。

　この一首の、フィルムに見る胎児の男の子を詠んだ歌は、截り口も新鮮で美しい。二首目の、ようやく寝返りができるようになった姿も、上句の思いきった喩的表現がみずみずしい。さらに三首目の沐浴をする場面も、類歌にない親しみが滲む。三首ともに暗喩が生きていて、よろこびが抑制された犀利な描写になっているからであろう。強いて言うならば〈吾子〉という語感が古くさい。

　三つの主題にしぼった批評となったが、生命感を抉る「力学的なもの」が、歌集の基底を支えていることを高く評価したい。

（「短歌人」二〇〇四年八月号）

新しい〈われ〉への期待
——歌集『游子』

伊藤一彦

ともあれ海外に出かけての歌が多い。私などのようにパスポートも持たず、一度も日本の外に出ていない者には驚異的な「游子」の生活をしている本多稜らしい。そして、海外旅行の歌というと退屈なものが多いが、本多作品は読ませる。

舞ひつどふ苗(ミャオ)の河原に村中の鶏も駆り出され整列しをり

人らみな目守るは爺が自転車の車輪回して作る綿花糖(わたがし)

朝飯は粥と油条(ヨウティアオ)外人と悟られず終へなんとなくうれし

始皇帝が封禅せし山の頂にしやがんでメール打つ女の子

岩ばかり見てゐしわれか麓よりふり向けば万緑の泰山

中国での歌。一・二首目、ミャオ族などの照葉樹林地帯に生活する人々の文化に日本の文化のルーツを探ろうとした例えば佐々木高明著『照葉樹林文化の道——ブータン雲南から日本へ』を思い出す。歌垣が今日でも行われていると書かれていた。一首目、鶏の「整列」一つとっても私達が何を失っているかをよく教えてくれる歌だ。ワタガシの歌も、見守っている者と見られている者との繋がりの深さが大切なのである。パソコンの画面を「目守る」のとは根本的に違う。三首目、旅なれた「游子」にしてこんな思いがあるかと面白かった。三首目以下の作のコメントは略して、今度はガラパゴスの一連から引いてみる。

ふくらはぎを誰だかぷりと噛む奴は振向けばおおアシカではないか

浅瀬にはリーフシャークも我も居てアシカのメスと子に傷多し

蟹たちがアシカのかたちなしてをり黒き骸をわれは見下ろす

人間は要らぬか島の砂浜に足跡のみを残して帰る

アシカの歌。一首目、アシカに対する親しみが、いい味のユーモアを生んでいる。二首目と三首目は、見るべきを見て、抑制した文体で歌っている。抑制した、と言ったが、三首目の結句の「われは見下ろす」には、四首目に歌われている、なくもがなの「人間」の傲慢さの痛切な自覚が感じられる。

これらの「観光」の歌と並んで仕事の歌が印象に残ったし、注目した。

塩入りのミルク茶をまづいただきて味を褒めつつ商談に入る

底値だらうかと株を買ふ　落ちてくるナイフを素手で受け止めるごと

弱気相場（ベアリッシュ）強気相場（ブリッシュ）の波うち狂へ　止まれば死んでしまふ鮫たち

常に変化してゐることが安定なり相場に関はるほどに思へり

飛ぶことをとうに捨てたるペンギンと今の仕事にこだはる我と

本多稜の仕事の詳しいことを知らない。私などが聞いても恐らく分らないだろう。過度の競争至上主義のグローバル経済の中で、疑問や悩みを抱きつつ「仕事にこだはる」その自画像はストレートな分、よく分る。

父を生き夫を生き管理職を生き僅かにわれを生き時間は　瀧

歌集の終りの方に、こんな歌がある。引用するスペースを失ったが、「父」「夫」の歌はコミック風である。そのことが歌集の味付けになっている。有能な「管理職」とダメ「父」ダメ「夫」を演じることで得られるバランス。では、「僅かにわれ」という、それ以外の「われ」とは何か、そういうものがあるのだろうか。次の歌集をさらに期待したい作者である。（わが宮崎の「銀鏡」の一連に触れられなくて残念）

（「短歌人」二〇〇八年八月号）

やわらかな反骨精神
――歌集『こどもたんか』

松村由利子

本書には二つの意味で驚かされた。一つには、子どもがかわいいのは当たり前で、詠う際にはある覚悟と節制が必要だと考えられるので、全編が子の歌で構成されていることに圧倒されたからである。また、『蒼の重力』『游子』において重厚で骨太な詠みぶりを発揮した作者が、子どもという題材をこんなにもやわらかく詠んでいることが意外だったからだ。

夕暮れのジャングルジムの子供らに尾が生えていて聞こえぬチャイム
あやしつつ仕事のことを考えておればにわかにぐずり泣き出す
抱き上げてむすめの涙乾くまで夕べの町をあるいていたり

小動物を思わせる体の温もりや重みは、なつかしい感興を抱かせる。初めは他家のアルバムを見せられているような心もちで歌集を読んでゆくのだが、詠われている子どもたちと顔なじみになるにつれ楽しさが増してくる。

三歳は夢の中でも叱られて仕返しのごとく激しき夜泣き
アサガオの蔓のようなるおゆびもてあらゆるボタン押したきこころ

一首目の「三歳」は、与謝野晶子の「腹立ちて炭まきちらす三つの子をなすにまかせてうぐひすを聞く」を思い出させる。二首目の「おゆび」は枕草子を意識しているだろう。「二つ三つばかりなる児の（中略）いと小さき塵のありけるを目ざとに見つけていとをかしげなる指にとらへて大人などに見せたる」という動作との類似性と、「ボタン」の現代性を対比させた機智が光る。

万葉の昔から人々は子どもを詠んできたのだが、現代において子育て真っ最中の親の歌に遭遇することは思いのほか少ない。とりわけ父親が子どもを題材に詠った作品は本当に少ないのだ。晩婚・少子化の進行のみならず、経済状況の悪化による長時間労働の影響が少なくないと思われる。そう考えると、作者が本書を編んだ意図がにわかに迫ってくる。

少子化対策には、育児の楽しさが認知されること、時間政策が不可欠である。しかし政府の育児支援策にはそれがなく、金銭的なサポートばかりに重きが置かれている。本書は、そこを突くかのように、子の成長を見守る喜びと時間がたっぷりと詠われている。

大泉門指さきほどにちぢまりて娘初めて歳ひとつ得つ
てのひらの重なる部分増えてきてぐんぐん父に近づく子たち

またひとつ夏終えんとす旋律を成しゆくピア
ノわが子の手より

「大泉門」は大体一歳半から二歳までの間に消失するが、入浴時などに触らないと変化がわからないはずだ。一、二首目からは、この作者が、子どもの身体的発達と時間の流れとを丁寧に確かめていることがよく分かる。三首目には、ぽつぽつとした雨だれのような音の集合が「旋律」になるまでの時間が美しく詠われている。

　子育ては「人生の復習」だと作者は言う。それは、子ども時代を再体験する心躍りであり、悠久の時間を味わう喜びでもある。

数億年ひかりと水は待ちまちて今わが前に娘
在らしむ

　一人の子どもが誕生するまでの時間が、何と遥かな歳月のなかで捉えられていることだろう。この敬虔な思いこそ、すべての人にとっての子育ての原点であってほしい。

　男性が育児に関わることに対する社会の風当たりは、まだまだ強い。働き盛りの作者がそれを感じていないはずはない。その意味で本書は「反骨の歌集」と言ってよい、野心的な試みなのである。

（「短歌人」二〇一二年一一月号）

グヌン・ムルとリーマン
——歌集『惑』

加藤治郎

『惑』は、才気溢れる歌集である。多言語のポリフォニーを試みた群作、狂言詞章との融合などその領土は広大である。本歌集の白眉となると「グヌン・ムル」百首とそれに続く「株屋」十四首を挙げたい。ここに本多稜の本領がある。

グヌン・ムルはボルネオ島のマレーシア領内にある。グヌンは山の意味であるからムル山ということになる。洞窟群、ジャングルもあり、動植物の宝庫となっているという。「グヌン・ムル」は、四日間のドキュメントである。

熱帯雨林の消化の早さ　杖になる枝と見れども触ればもろし
ミネラルのまつたり舌に甘しあましボルネオの雨沸かして飲みぬ

一日目から引いた。一連では序であるが、この歌の辺りに引き込まれてゆく。熱帯雨林が生き物のように存在している。これは実感だろう。その蒸せるような空気に、獣の息を感じたのだ。さりげない提示だが、杖の出し方が巧みである。すでに体力が落ちていることを暗示している。その杖に触れたら脆くもぼろぼろになる。それを消化と言った。もちろん杖は熱帯雨林の一部である。つまり熱帯雨林は自らを消化してゆくのだ。凄まじいイメージである。

ミネラルが甘いとは意外である。臨場感というものだ。「甘しあまし」のリズムが巧い。ここでつかのま意識が弛緩しているのだ。「ボルネオの雨」は、ありのままの事実であるが、詩になっている。それは冒険者の特権だ。だれもがボルネオの雨を歌えるわけではない。音韻としては「ボルネオ」と「飲みぬ」が噎せるように絡み合っている。

壮年を如何に生きむかジャングルの万年みどり万年落ち葉

頂を雲に隠せるグヌン・ムル　顔見せぬなら見せに行くのみ

二日目。グヌン・ムルに近づいてゆく。壮年の己に問いかける。結句の「万年落ち葉」がいい。繰り返し葉は落ち、腐り、そしてその上に葉は落ちる。ダイナミックな有りようである。人生は短い。それでも、人生は万年の緑と等しいんだという自負が「如何に生きむか」の語気に感じられるのだ。

次の歌には、さらに矜持が明らかである。グヌン・ムルの頂すなわち顔が見えない。であれば、自分が顔を見せに行くというのだ。いわゆる自然詠ではない。能動的な意識がなければ、このような自然と対等な歌い方はできない。

木々痩せて猶も光を奪ひあふ頂近く来て知りしこと

もう雲に隠れるからと風送りムルは尾根からわれを去らせり

三日目にムル山の山頂に到達する。その前後の歌である。木々は尖鋭な印象だったのだろう。生きるために光を争奪する迫力である。グヌン・ムルが別れを告げる。そして自分は「ムル」と呼ぶ。ムル山への敬愛が滲んでいる。自然との対峙が潔い。

倒壊件数死者数増えて猛然とセメント株が登りゆくなり

Lehmanが消えてしまへりセールスのデスクにはまづメールの津波

「株屋」から引いた。「グヌン・ムル」の直後にこの一連がある。その転換の速度に驚く。この二篇が歌集のピークである。国際金融の前線にいる男がリーマン・ショックに直面した。「グヌン・ムル」の世界から激しい落差であり、そこに瀧のような勢いがある。無論、本多稜にとっては地続きの世界なのである。別格の歌人と言えよう。

（「短歌人」二〇一四年三月号）

「ひしひし」と子どもと相聞歌
——歌集『惑』

俵　万智

かつて自分も近い経験をしたり見たことがある、それを言語化されて「そうそうそう！」と膝を打つ。いっぽうで自分の未知の世界を言葉で描かれて「そういうものか！」と新鮮に思う。本多稜作品のすごいところは、今あげた二種類の「！」に、読者としては温度差を感じさせられないところだ。

ちょっとめんどくさい言い方になってしまっただろうか。具体例をあげる。

密林の密度に触れつそれぞれに居場所は在り芽を出しさへすれば
アイゼンの雪咬む音に濁り無くアララトわれを引き上げんとす

「密林の密度」という表現だけで、概念としての「密」と現実の「密」が浮かび上がる。下の句「イバショハアリメヲ／ダシサヘスレバ」。このよいしょっと句をまたぐリズムが、植物の懸命さを伝えてくれる。ボルネオのジャングルに比べれば規模は小さいかもしれないが、西表島でこの冬を過ごした自分には、工夫をこらしながらびっしり生えている植物たちの姿が、まざまざと浮かんだ。

いっぽうで冬山登山などまったく経験はないのだけれど、二首目をふくむ連作「アララト」を読むと、体が山と会話しながら登るものなんだなあと、ひしひしと感じる。

この「まざまざ」と「ひしひし」。たぶん多くの歌の場合は「まざまざ」のほうが力が強い。それに負けない「ひしひし」を持っているのがこの作者の言葉の力だと思う。熱帯雨林に行ったことのない人が一首目から受け取る「ひしひし」と、冬山登山経験者が二首目から感じる「まざまざ」も同様ではないだろうか。

もう一つの魅力は、子どもの歌だ。

マシュマロが腸詰に変はるかなしさにみどり児に筋肉（にく）つきはじめたり
失敗をかさねわが手は思ひ出す独楽回し子に教へてやりぬ

食べものの比喩に、まことに実感のこもった一首目。子育ては、もう一度自分の子ども時代を生き直す一面があるということを、簡潔に示した二首目。はじめから、スムーズには回せないというところも実にリアルだ。

そして『惑』の中で異彩を放っている一連にも強く心惹かれた。「夜想曲」から緩やかにはじまり、「河回村」でハングルと日本語、「江南好」で中国語と日本語、「エチュード」「フーガ」「メヌエット」「アンプロンプチュ」「ロンド」「スケルツォ」「六義園」では三か国語で表現されている相聞歌群だ。

なぜハングルと中国語なのか。その言語で詩を味わう語学力のある読者は、そう多くはないはずだ。けれども私は、効果を感じた。相聞の対象に、この言葉で伝えたいという作者の気持ちを（勝手に）感じたり、この恋愛のコミュニケーションに複数の言葉が使われているような雰囲気が、ある種の舞台装置として作用していると思った。
　自分が味わえる日本語部分だけでも、とても官能的で切ない相聞として胸に響く。

ジャングルのシメコロシノキさながらに限なく求め与へられたり
どちらから誘ふでもなし途切れずに時間の点を連ねて弥生
書き留めぬままに忘るる歌のごとわれはあるべし月光痛し

　一首目、シメコロシノキに巻きつかれた樹木は、養分と光を奪われ、やがて枯れてしまう。絡み合う肢体を思わせつつ、恋愛のある側面の比喩にもなっている。大人の恋の臆病さと互いのずるさが出ている二首目。三首目は、比喩としてはまことに美しいが、ちょっとムシがよすぎるかもしれない（女の意見）。

（「短歌人」二〇一四年三月号）

いのちのせつなをうつす歌
――歌集『惑』

中川佐和子

二〇〇七年から二〇一一年の歌を収録している第四歌集。緊迫感のある証券の仕事、外国の旅、成長していく子の姿、国内外の登山を連作で詠む。さらに一首を日本語、韓国語、中国語の三か国語にて詠む一連も斬新である。

子の産まれてくる場面もリアルで、子の成長を明確な時間軸にして、グローバルな視点の臨場感あふれる歌を巧みに展開する。後者としての「をさめことば」には、刊行にあたっての解説は記されておらず、長歌の形式をとっていて、「むらぎもの　こころすくひて　たまきはる　いのちのせつな　うつしてゆかな」で結ばれている。まさにここが著者の伝えたいところであろうと読んだ。

土地土地にやあと声かけ渡り行くわれに知らせたき我がゐるのだ

こういう自己認識に惹かれた。「土地土地に」と詠まれていて、日本ばかりでなくパリ、ロンドン、フィレンツェ、蘇州、シンガポール、ニューヨーク、アユタヤ、バンコク、ハノイ、香港、プサン、ナイル川、南米など海外の歌が多い。「われに知らせたき我」を意識し、その地と向き合って自己を確かめているのだ。

ジャングルは騒がしき海見下ろせば空を勝ち得し樹々の泡ぶく

岩塔（ピナクル）の焰立たせてグヌン・アピ尾根に身火照るわれと対峙す

数十万頭の蝙蝠の竜ボルネオの黝き空胎（はら）に容るるを

本格的な登山の歌である。ここに「グヌン・ムル」

の百首詠から引いた。「グヌン・ムル」は、ボルネオ島のマレーシア領内の世界遺産の国立公園。雨後のジャングルを突き抜けて進み、雄大な自然を描く。ほかにトルコ東端の「アララト」の五十八首、国内では南アルプスを詠む。
歌の場面は明確で、ドキュメンタリーを撮っているカメラを覗くような感じを受ける。

純粋な空売り（ネイキッド・ショートセリング）無き物をそれも裸で売り叩くなり
信用（クレジット）市場崩れて株式の気絶する様目の当たりにす
洪水が個々の水溜りに戻り外国人機関投資家（フォーリナーズ）の影もなきなり

激変する金融市場で仕事する当事者として、気の抜けない様子が伝わる。仕事の歌のスピード感と臨場感は圧巻である。
二、三首目は大暴落する株価の恐怖感を捉えている。二〇〇八年九月のいわゆるリーマンショックのために、「株式の気絶する様」を言葉にしていく。

鰭ふたつわが手に取りぬほのあをく体脂に濡れて足のつめたし
抱かれて母の母乳を吸ひだすや鰭あかあかと足になりたり
「花火つて人間みたい火がつくと走つて走つて爆ぜちやふんだよ」
たんこぶの上にたんこぶできたよと息をきらして見せに来たれり

一、二首目は、三人目の子が産まれたときの歌。「鰭ふたつ」が、初乳を飲むときになって「足」にかわるという視点の面白さ。いのちを見守っている感動がそのまま伝わってくる。出産に立ち会って、子を得たことを妻と共によろこぶ現代の父親像が見える。
子の歌は、会話体がうまくいかされ、子の言葉の躍動感が心地よい。花火を見た子の喜びを受けとめて、自らもその嬉しさに浸っている。子との時間が充分にとれないという歌も見られ、そういう父と子だからこそ、なおさら子の育っていく姿の瞬間を貴重に思うのだろう。

（「短歌人」二〇一四年三月号）

甲板の上の空
――歌集『六調』

秋山佐和子

本多稜の第四歌集『六調』は、二〇一二年から二〇一七年の五十歳になるまでの歌を、六つの主題ごとに纏めた一冊である。まず第Ⅰ章は小題に「点々と」とあるように、マニラから北京、ロンドン、メキシコへと、およそ三十六の海外の都市への旅が歌われる。

夕暮れの錦里にまぎれもうわれは誰にもならず誰にもなれず　（成都）

の一首に特に惹かれた。下の句のリフレインから孤独感がたちのぼる。異国の夕暮れでなくとも、人はこのような思いに立ちすくむことがある。万葉人から釈迦空へ通底する、惻惻とした旅の思いを歌い得

た一首と思う。またこの旅の章には、各国の図書館を訪れた歌があり、羨ましく楽しく読んだ。たとえば、

　天井まで埋め尽くしたる革装の背表紙が一行一行の叙事詩　（ポルトガル）

　ふかくふかく海に潜りてまどろみぬ書肆の詩のみの階の窓際　（サンフランシスコ）

　骨のみの鯨が浮かび本棚の翼を宙に広げてゆくを　（メキシコシティ）

一首目、天井に届く本棚の革装の背表紙に詩の一行を感じ取る鋭敏な感性。図書館司書も微笑むだろう。二首目、詩集のみの階でのまどろみ、三首目の近未来的な図書館。それぞれの地へ誘われていく気がした。

第Ⅱ章は、歌の生まれた場所を訪ね、皮膚呼吸を試みた、という章で、

　腰落とし砂をぢりりと編笠のをみな踊るを甚句が囃す　（西馬音内盆踊り）

のような力強く臨場感のある歌が並ぶ。

第Ⅲ章は、「菜園」。

　オオウナギに化けて葉陰に垂れてをり採り忘れたるキュウリの重さ

こうした土に親しむ歌には新鮮な生気が通う。

第Ⅳ章は酒。小題「酒品（さけごころ）」の「司空図『二十四詩品』の私的琉歌風和訳を詞書として」の「一　雄渾（とほしろ）」では、

　雲海へ水平線の白雲へわれを連れ行く酒の力よ

と歌う。詞書から離れて独立した一首としても、酒に親しむ人の駘蕩とした心が伝わってくる歌だ。他に、

仮装して走る慣はし海賊もモーツアルトも飛
　脚のわれも

の歌は、フランスの「メドックマラソン」に、飛脚の仮装で参加する日本人男性の心意気が見えて好ましい。

第Ⅴ章は家。

大きな大きな円であること甲板に空の形を子
　らと確かむ

遠吠えを三回真似て仲秋の月にむすめは礼を
　なしたり

初日の出見終へ兄弟おもむろに遠州灘にいば
　りのアーチ

作者の家族詠は、これまでの歌と同様にスケールが大きい。皆逞しくユニークで活発で明るい。元日の「遠州灘にいばりのアーチ」は殊に愉快だ。「あとがき」に、一つの綿雲のようなものであった家族が成長と共に密度が緩み、薄らいでゆくのか、と記す。そうなる前の彼らを歌に刻む。貴重なことだと思う。

第Ⅵ章は山。

ヤクたちの草むしる音を採譜せりスタッカー
　トにスラーを付けて　（大姑娘山（ダーグーニャン））

作者は音楽にも造詣が深いのか。ヤクが草を毟り咀嚼する音。どんな曲に仕上がるのか。想像したくなった。

雨なればこその語らひ山小屋に次に行く山そ
　の次の山　（槍ヶ岳）

歌集の掉尾を飾るにふさわしい歌である。本多稜は知命を越えてなお、次の山々をめざして踏みしめてゆくであろう。

（「短歌人」二〇二〇年二月号）

渦中で歌う

――歌集『六調』

谷岡亜紀

『六調』は本多稜の第四歌集で、「あとがき」によると「二〇一二年から二〇一七年の間に作成した五十歳になるまでの歌をまとめ、一応の区切りをつけることにした」ものである。全体は主題ごとに六つの章に分けられている。順に「旅」「歌」「土（菜園での農作業）」「酒」「家（家族）」「山（登山）」の六章。それらが実に明確な構成意識をもって編集されており、その意味で題詠、テーマ詠に特化された歌集だと言える。その徹底性が本書の大きな魅力となっている。

その中で私は、「歌のうた」を集めた第二章に特に惹かれた。「歌のうた」といっても〈短歌〉をテーマとした短歌ではなく、日本各地、世界各地に伝わり歌い継がれて来た地域地域の〈ウタ〉に取材したものである。

奥三河花祭

歌ぐらの消えにし村も生くる村もそれ舞へ舞へよ神八百万

海上（うみがみ）傘踊り

雨乞ひの狂ひ踊りの唸りごゑ撒き散らさるる鈴の音を浴ぶ

平瀬マンカイ

常世国（ネリヤ）から歌の綱もて引き寄する稲霊（ニイヤダマ）なり豊年よ来よ

西米良　横野神楽

白刃抜き舞ふ男らに投げらるるきわどき恋のセリ歌やんや

侗族大歌

鼓楼凌ぎ雲の上なる棚田へと声幾重にもかさね積みゆく

苗族飛歌

投ぐる箭の遠ざかるこゑ森越えて嶺々越えて届け飛歌（フェイグァー）

ハーレム
地の割れて湖現れむ足元を揺さぶりやまぬゴスペルの声

一首目ではまず「歌ぐら」と言う語に想像をかき立てられる。八百万の神々に「それ舞へ舞へ」と囃し立てる声が実に壮観である。二首目では「鈴の音を浴ぶ」に現場の臨場感がある。三首目の大らかな神話世界、四首目の神楽の「生」と「性」とのフォークロアも楽しい。以下の作品でも、「ウタ」と「マツリ」のプリミティブな、骨太の原型が捉えられている。本多稜はそれらの作品を「うたたび」と命名している。「うた＋たび」。歌が旅であり、旅が歌である。両者はもはや分かちがたくある。そうした本多の世界は、『歌の旅』というささやかなエッセイ集を持つ私にも、とても親しいものである。それにしても、第一章にまとめられた世界各地への旅の歌もそうだが、五年余りでどれほど多くの国、地域を訪れたのかと、驚きを禁じ得ない。その第一章の旅の歌からも少し引こうか。

バンコク
ドリアンの匂ふ街角トゥクトゥクの運賃を礼を尽くして値切る

無錫
黄酒（ファンジュウ）の噛めば滲みて口なかに踊る太湖の酔つ払ひ蝦

成都
夕暮れの錦里にまぎれもうわれは誰にもならず誰にもなれず

第一章のどの作品も「現地」のなまな空気感、手触りを伝えているが、特に注目したのは三首目である。旅の途上でふと訪れるこの酩酊感。どこへも帰属せず、「自分」からさえ自由なこの感覚は、私もよくわかる。

旅ゆき、歌い、耕し、酔う。そして振り向けばいつも家族と山がある。歌集タイトルの『六調』は、すなわちその六つの調和の謂だろう。常にその渦中で歌う作者である。

（「短歌人」二〇二〇年二月号）

歌の宇宙を産み落としたり
――歌集『六調』

渡　英子

六つの章から成る『六調』の巻頭歌は「マニラ」という小題を置いて始まる。

母国語が二つ百七十超ゆる母語あると知り味はふ煮込み（アドボ）

七千以上の島からなるフィリピンの公用語はタガログ語に由来するフィリピノ語と英語。二つの公用語を「母国語」と言い切ったところに作者の現実を把握する力がある。

マニラからユーラシア大陸を横断して、南米のメキシコシティに到る第一章の歌群は、第一歌集『蒼の重力』で〈旅にのみ己は在りと信じをり二十歳ユーラシアを横断す〉と詠んだ歌を濫觴としている。

『蒼の重力』の「覚書」に「目的地を訪れることより、移動し続けることの方に興味があった」と記す作者の健在を示すⅠ章に続くⅡ章は、日本や世界の各地の祭りで唄い継がれてきた〈ウタ〉を追う旅をモチーフとしている。

　みんなみの海の波より取り出しし音に身体を
　　預けて踊る　（父島　南洋踊り）
　節まつり（スツウプナカ）多良間若夏みづみづと歌の宇宙を産
　　み落としたり

　十数年前に、竹富島の種子取祭（タナドゥイ）で前夜祭の神事を見ていた時、隣に本多さんが立っていて驚いたことがある。偶然の出会いだったが、小さな島内のあちこちで本多一家と出くわした楽しい記憶がある。昼の祭りだけでなく夜のユークイの行事でも島人にまじって踊り、酒飯のもてなしを満喫されていた「うたたび」の現場を見たことで、本多さんの作品への理解が深まったと思う。

「みんなみの海の波より取り出し」た音も、多良間の節まつりの神歌や囃し詞（ニィリ）の応酬から生まれる「歌の宇宙」も、祭りの場に身を置いた作者が心身で丸ごと捉えたものだ。旅先や祭りの場で身体を動かし、五感を解放することで生まれるのが本多稜のウタである。

　Ⅲ章の「菜園」は、二十四節気の立春から大寒までを立項し、三首組みで並べてゆく。

　掘り進み天地返しはあかあかと関東ローム層
　　の現はるるまで　「雨水」
　蚯蚓との友情おもふ二年物となれば堆肥は馥
　　郁として　「霜降」

「土」から生まれた作品はこの歌集の白眉。武蔵野台地南端の一反の畑を耕した春夏秋冬の歌から立ち上る土の匂いのかんばしさ。新たな「土」というテーマを得た作者の歓びがこの章を息づかせている。

　Ⅳ章は「酒旅」。酒をめぐる多彩な作品群は、そのかみの白楽天を彷彿とさせる。「酒品（さけごころ）」の一連は「司空図『二十四詩品』の私的琉歌風和訳を詞書として」という文言を置いている。始めに「一　雄渾（とほしゅ）」と小題を付し、「充ちたるや否や　問ふに意義あらず　大空に雲は　風とあそぶ」の琉歌体に短歌が続く。

雲海へ水平線の白雲へわれを連れ行く酒の力
よ

八・八・八・六の三十音の偶数律からなる琉歌を、五句三十一音の奇数律の短歌へ移す試みである。琉球語と大和言葉、唄う琉歌と詠む短歌と。韻律もリズムも用語も異なる二つの詩形を繋ぐのは難しいが、その困難を引き受けての次の一歩に期待している。

　この章では「メドックマラソン」の一連が文句なしに楽しい。世界の各地から集まり、工夫をこらした仮装をまとったランナー達がワインや美味を楽しみつつ走るお祭りランだ。

葡萄酒を容れて増えゆく体重のton（屯）の語源は
ボルドーのtonneau（樽）

続く章は「うから」と「山百首」。紙幅が尽きたので歌のみを挙げたい。

木蓮の蕾の和毛かがよへり娘の頬にわが手は
触れず
朝日差すやウルル血潮を巡らせて赤き大地に
生まれなほせり

（「短歌人」二〇二〇年二月号）

本多稜歌集　　現代短歌文庫第168回配本

2023年1月26日　初版発行

著　者　本　多　　稜
発行者　田　村　雅　之
発行所　砂　子　屋　書　房
〒101-0047　東京都千代田区内神田3-4-7
電話　03－3256－4708
Fax　03－3256－4707
振替　00130－2－97631
http://www.sunagoya.com

装本・三嶋典東

現代短歌文庫

（　）は解説文の筆者

①三枝浩樹歌集（岡井隆・岩田正）
『朝の歌』全篇

②佐藤通雅歌集（細井剛）
『薄明の谷』全篇

③高野公彦歌集（河野裕子・坂井修一）
『汽水の光』全篇

④三枝昂之歌集（山中智恵子・小高賢）
『水の覇権』全篇

⑤阿木津英歌集（笠原伸夫・岡井隆）
『紫木蓮まで・風舌』全篇

⑥伊藤一彦歌集（塚本邦雄・岩田正）
『瞑鳥記』全篇

⑦小池光歌集（大辻隆弘・川野里子）
『バルサの翼』『廃駅』全篇

⑧石田比呂志歌集（玉城徹・岡井隆他）
『無用の歌』全篇

⑨永田和宏歌集（高安国世・吉川宏志）
『メビウスの地平』全篇

⑩河野裕子歌集（馬場あき子・坪内稔典他）
『森のやうに獣のやうに』『ひるがほ』全篇

⑪大島史洋歌集（田中佳宏・岡井隆）
『藍を走るべし』全篇

⑫雨宮雅子歌集（春日井建・田村雅之他）
『悲神』全篇

⑬稲葉京子歌集（松永伍一・水原紫苑）
『ガラスの檻』全篇

⑭時田則雄歌集（大金義昭・大塚陽子）
『北方論』全篇

⑮蒔田さくら子歌集（後藤直二・中地俊夫）
『森見ゆる窓』全篇

⑯大塚陽子歌集（伊藤一彦・菱川善夫）
『遠花火』『酔芙蓉』全篇

⑰百々登美子歌集（桶谷秀昭・原田禹雄）
『盲目木馬』全篇

⑱岡井隆歌集（加藤治郎・山田富士郎他）
『鵞卵亭』『人生の視える場所』全篇

⑲玉井清弘歌集（小高賢）
『久露』全篇

⑳小高賢歌集（馬場あき子・日高堯子他）
『耳の伝説』『家長』全篇

㉑佐竹彌生歌集（安永蕗子・馬場あき子他）
『天の螢』全篇

㉒太田一郎歌集（いいだもも・佐伯裕子他）
『墳』『蝕』『獵』全篇

現代短歌文庫

（　）は解説文の筆者

㉓春日真木子歌集（北沢郁子・田井安曇他）
『野菜涅槃図』全篇
㉔道浦母都子歌集（大原富枝・岡井隆）
『無援の抒情』『水憂』『ゆうすげ』全篇
㉕山中智恵子歌集（吉本隆明・塚本邦雄他）
『夢之記』全篇
㉖久々湊盈子歌集（小島ゆかり・樋口覚他）
『黒鍵』全篇
㉗藤原龍一郎歌集（小池光・三枝昂之他）
『夢みる頃を過ぎても』『東京哀傷歌』全篇
㉘花山多佳子歌集（永田和宏・小池光他）
『樹の下の椅子』『楕円の実』全篇
㉙佐伯裕子歌集（阿木津英・三枝昂之他）
『未完の手紙』全篇
㉚島田修三歌集（筒井康隆・塚本邦雄他）
『晴朗悲歌集』全篇
㉛河野愛子歌集（近藤芳美・中川佐和子他）
『黒羅』『夜は流れる』『光ある中に』（抄）他
㉜松坂弘歌集（塚本邦雄・由良琢郎他）
『春の雷鳴』全篇
㉝日高堯子歌集（佐伯裕子・玉井清弘他）
『野の扉』全篇
㉞沖ななも歌集（山下雅人・玉城徹他）
『衣裳哲学』『機知の足首』全篇
㉟続・小池光歌集（河野美砂子・小澤正邦）
『日々の思い出』『草の庭』全篇
㊱続・伊藤一彦歌集（築地正子・渡辺松男）
『青の風土記』『海号の歌』全篇
㊲北沢郁子歌集（森山晴美・富小路禎子）
『その人を知らず』を含む十五歌集抄
㊳栗木京子歌集（馬場あき子・永田和宏他）
『水惑星』『中庭』全篇
㊴外塚喬歌集（吉野昌夫・今井恵子他）
『喬木』全篇
㊵今野寿美歌集（藤井貞和・久々湊盈子他）
『世紀末の桃』全篇
㊶来嶋靖生歌集（篠弘・志垣澄幸他）
『笛』『雷』全篇
㊷三井修歌集（池田はるみ・沢口芙美他）
『砂の詩学』全篇
㊸田井安曇歌集（清水房雄・村永大和他）
『木や旗や魚らの夜に歌った歌』全篇
㊹森山晴美歌集（島田修二・水野昌雄他）
『グレコの唄』全篇

現代短歌文庫

（　）は解説文の筆者

㊺上野久雄歌集（吉川宏志・山田富士郎他）
『夕鮎』『バラ園と鼻』（抄）他

㊻山本かね子歌集（蒔田さくら子・久々湊盈子他）
『ものどらま』を含む九歌集抄

㊼松平盟子歌集（米川千嘉子・坪内稔典他）
『青夜』『シュガー』全篇

㊽大辻隆弘歌集（小林久美子・中山明他）
『水廊』『抱擁韻』全篇

㊾秋山佐和子歌集（外塚喬・一ノ関忠人他）
『羊皮紙の花』全篇

㊿西勝洋一歌集（藤原龍一郎・大塚陽子他）
『コクトーの声』全篇

51 青井史歌集（小高賢・玉井清弘他）
『月の食卓』全篇

52 加藤治郎歌集（永田和宏・米川千嘉子他）
『昏睡のパラダイス』『ハレアカラ』全篇

53 秋葉四郎歌集（今西幹一・香川哲三）
『極光―オーロラ』全篇

54 奥村晃作歌集（穂村弘・小池光他）
『鴇色の足』全篇

55 春日井建歌集（佐佐木幸綱・浅井愼平他）
『友の書』全篇

56 小中英之歌集（岡井隆・山中智恵子他）
『わがからんどりえ』『翼鏡』全篇

57 山田富士郎歌集（島田幸典・小池光他）
『アビー・ロードを夢みて』『羚羊譚』全篇

58 続・永田和宏歌集（岡井隆・河野裕子他）
『華氏』『饗庭』全篇

59 坂井修一歌集（伊藤一彦・谷岡亜紀他）
『群青層』『スピリチュアル』全篇

60 尾崎左永子歌集（伊藤一彦・栗木京子他）
『彩紅帖』全篇、『さるびあ街』（抄）他

61 続・尾崎左永子歌集（篠弘・大辻隆弘他）
『春雪ふたたび』『星座空間』全篇

62 続・花山多佳子歌集（なみの亜子）
『草舟』『空合』全篇

63 山埜井喜美枝歌集（菱川善夫・花山多佳子他）
『はらりさん』全篇

64 久我田鶴子歌集（高野公彦・小守有里他）
『転生前夜』全篇

65 続々・小池光歌集
『時のめぐりに』『滴滴集』全篇

66 田谷鋭歌集（安立スハル・宮英子他）
『水晶の座』全篇

現代短歌文庫

（　）は解説文の筆者

67 今井恵子歌集（佐伯裕子・内藤明他）
『分散和音』全篇

68 続・時田則雄歌集（栗木京子・大金義昭）
『夢のつづき』『ペルシュロン』全篇

69 辺見じゅん歌集（馬場あき子・飯田龍太他）
『水祭りの桟橋』『闇の祝祭』全篇

70 続・河野裕子歌集
『家』全篇、『体力』『歩く』（抄）

71 続・石田比呂志歌集
『孑孑』『忘八』『涙壺』『老猿』『春灯』（抄）

72 志垣澄幸歌集（佐藤通雅・佐佐木幸綱）
『空壜のある風景』全篇

73 古谷智子歌集（来嶋靖生・小高賢他）
『神の痛みの神学のオブリガード』全篇

74 大河原惇行歌集（田井安曇・玉城徹他）
未刊歌集『昼の花火』全篇

75 前川緑歌集（保田與重郎）
『みどり抄』全篇、『麥穂』（抄）

76 小柳素子歌集（来嶋靖生・小高賢他）
『獅子の眼』全篇

77 浜名理香歌集（小池光・河野裕子）
『月兎』全篇

78 五所美子歌集（北尾勲・島田幸典他）
『天姥』全篇

79 沢口芙美歌集（武川忠一・鈴木竹志他）
『フェベ』全篇

80 中川佐和子歌集（内藤明・藤原龍一郎他）
『霧笛橋』全篇

81 斎藤すみ子歌集（菱川善夫・今野寿美他）
『遊楽』全篇

82 長澤ちづ歌集（大島史洋・須藤若江他）
『海の角笛』全篇

83 池本一郎歌集（森山晴美・花山多佳子）
『未明の翼』全篇

84 小林幸子歌集（小中英之・小池光他）
『枇杷のひかり』全篇

85 佐波洋子歌集（馬場あき子・小池光他）
『光をわけて』全篇

86 続・三枝浩樹歌集（雨宮雅子・里見佳保他）
『みどりの揺籃』『歩行者』全篇

87 続・久々湊盈子歌集（小林幸子・吉川宏志他）
『あらばしり』『鬼龍子』全篇

88 千々和久幸歌集（山本哲也・後藤直二他）
『火時計』全篇

現代短歌文庫

（　）は解説文の筆者

(89)田村広志歌集（渡辺幸一・前登志夫他）
『島山』全篇

(90)入野早代子歌集（春日井建・栗木京子他）
『花凪』全篇

(91)米川千嘉子歌集（日高堯子・川野里子他）
『夏空の櫂』『一夏』全篇

(92)続・米川千嘉子歌集（栗木京子・馬場あき子他）
『たましひに着る服なくて』『一葉の井戸』全篇

(93)桑原正紀歌集（吉川宏志・木畑紀子他）
『妻へ。千年待たむ』全篇

(94)稲葉峯子歌集（岡井隆・美濃和哥他）
『杉並まで』全篇

(95)松平修文歌集（小池光・加藤英彦他）
『水村』全篇

(96)米口實歌集（大辻隆弘・中津昌子他）
『ソシュールの春』全篇

(97)落合けい子歌集（栗木京子・香川ヒサ他）
『じゃがいもの歌』全篇

(98)上村典子歌集（武川忠一・小池光他）
『草上のカヌー』全篇

(99)三井ゆき歌集（山田富士郎・遠山景一他）
『能登往還』全篇

(100)佐佐木幸綱歌集（伊藤一彦・谷岡亜紀他）
『アニマ』全篇

(101)西村美佐子歌集（坂野信彦・黒瀬珂瀾他）
『猫の舌』全篇

(102)綾部光芳歌集（小池光・大西民子他）
『水晶の馬』『希望園』全篇

(103)金子貞雄歌集（津川洋三・大河原惇行他）
『邑城の歌が聞こえる』全篇

(104)続・藤原龍一郎歌集（栗木京子・香川ヒサ他）
『嘆きの花園』『19××』全篇

(105)遠役らく子歌集（中野菊夫・水野昌雄他）
『白馬』全篇

(106)小黒世茂歌集（山中智恵子・古橋信孝他）
『猿女』全篇

(107)光本恵子歌集（疋田和男・水野昌雄）
『薄氷』全篇

(108)雁部貞夫歌集（堺桜子・本多稜）
『崑崙行』（抄）

(109)中根誠歌集（来嶋靖生・大島史洋雄他）
『境界』全篇

(110)小島ゆかり歌集（山下雅人・坂井修一他）
『希望』全篇

現代短歌文庫

（　）は解説文の筆者

(111)木村雅子歌集（来嶋靖生・小島ゆかり他）
『星のかけら』全篇
(112)藤井常世歌集（菱川善夫・森山晴美他）
『氷の貌』全篇
(113)続々・河野裕子歌集
『季の栞』『庭』全篇
(114)大野道夫歌集（佐佐木幸綱・田中綾他）
『春吾秋蟬』全篇
(115)池田はるみ歌集（岡井隆・林和清他）
『妣が国大阪』全篇
(116)続・三井修歌集（中津昌子・柳宣宏他）
『風紋の島』全篇
(117)王紅花歌集（福島泰樹・加藤英彦他）
『夏暦』全篇
(118)春日いづみ歌集（三枝昂之・栗木京子他）
『アダムの肌色』全篇
(119)桜井登世子歌集（小高賢・小池光他）
『夏の落葉』全篇
(120)小見山輝歌集（山田富士郎・渡辺護他）
『春傷歌』全篇
(121)源陽子歌集（小池光・黒木三千代他）
『透過光線』全篇
(122)中野昭子歌集（花山多佳子・香川ヒサ他）
『草の海』全篇
(123)有沢螢歌集（小池光・斉藤斎藤他）
『ありすの杜へ』全篇
(124)森岡貞香歌集
『白蛾』『珊瑚數珠』『百乳文』全篇
(125)桜川冴子歌集（小島ゆかり・栗木京子他）
『月人壮子』全篇
(126)柴田典昭歌集（小笠原和幸・井野佐登他）
『樹下逍遙』全篇
(127)続・森岡貞香歌集
『黛樹』『夏至』『敷妙』全篇
(128)角倉羊子歌集（小池光・小島ゆかり）
『テレマンの笛』全篇
(129)前川佐重郎歌集（喜多弘樹・松平修文他）
『彗星紀』全篇
(130)続・坂井修一歌集（栗木京子・内藤明他）
『ラビュリントスの日々』『ジャックの種子』全篇
(131)新選・小池光歌集
『静物』『山鳩集』全篇
(132)尾崎まゆみ歌集（馬場あき子・岡井隆他）
『微熱海域』『真珠鎖骨』全篇

現代短歌文庫

（　）は解説文の筆者

(133)続々・花山多佳子歌集（小池光・澤村斉美）
『春疾風』『木香薔薇』全篇

(134)続・春日真木子歌集（渡辺松男・三枝昂之他）
『水の夢』全篇

(135)吉川宏志歌集（小池光・永田和宏他）
『夜光』『海雨』全篇

(136)岩田記未子歌集（安田章生・長沢美津他）
『日月の譜』を含む七歌集抄

(137)糸川雅子歌集（武川忠一・内藤明他）
『水螢』全篇

(138)梶原さい子歌集（清水哲男・花山多佳子他）
『リアス／椿』全篇

(139)前田康子歌集（河野裕子・松村由利子他）
『色水』全篇

(140)内藤明歌集（坂井修一・山田富士郎他）
『海界の雲』『斧と勾玉』全篇

(141)続・内藤明歌集（島田修三・三枝浩樹他）
『夾竹桃と葱坊主』『虚空の橋』全篇

(142)小川佳世子歌集（岡井隆・大口玲子他）
『ゆきふる』全篇

(143)髙橋みずほ歌集（針生一郎・東郷雄二他）
『フルヘッヘンド』全篇

(144)恒成美代子歌集（大辻隆弘・久々湊盈子他）
『ひかり凪』全篇

(145)続・道浦母都子歌集（新海あぐり）
『風の婚』全篇

(146)小西久二郎歌集（香川進・玉城徹他）
『湖に墓標を』全篇

(147)林和清歌集（岩尾淳子・大森静佳他）
『木に縁りて魚を求めよ』全篇

(148)続・中川佐和子歌集（日高堯子・酒井佐忠他）
『春の野に鏡を置けば』『花桃の木だから』全篇

(149)谷岡亜紀歌集（佐佐木幸綱・菱川善夫他）
『臨界』『闇市』（抄）他

(150)前川斎子歌集（江田浩司・渡英子他）
『斎庭』『逆髪』全篇

(151)石井辰彦歌集
『七竈』『墓』全篇、『バスハウス』（抄）他

(152)伝田幸子歌集（岡井隆・波汐國芳他）
『蔵草子』全篇、他

(153)宮本永子歌集（林安一・三井ゆき他）
『鷄に来る鳥』『雲の歌』全篇

(154)本田一弘歌集（小池光・和合亮一他）
『磐梯』『あらがね』全篇

現代短歌文庫

（　）は解説文の筆者

⑮富田豊子歌集（小中英之・大岡信他）
『漂鳥』『薊野』全篇
⑯小林幹也歌集（和田大象・吉川宏志他）
『裸子植物』全篇
⑰丸山三枝子歌集（千々和久幸・村島典子他）
『街路』全篇
⑱青木春枝歌集（来嶋靖生・森山晴美他）
『草紅葉』全篇
⑲真中朋久歌集（河野美砂子・大松達知他）
『雨裂』『エウラキロン』全篇
⑳小島熱子歌集（前川佐重郎・山内照夫他）
『ぽんの不思議の』全篇
㉑河路由佳歌集（寺尾登志子・藤原龍一郎他）
『日本語農場』『百年未来』『魔法学校』（抄）他
㉒続々・伊藤一彦歌集（日高堯子・岡野弘彦他）
『日の鬼の棲む』『微笑の空』全篇
㉓結城千賀子歌集（橋本喜典・三井修他）
『蜻蛉文』全篇
㉔関谷啓子歌集（毛利文平・さいとうなおこ他）
『最後の夏』全篇
㉕楠田立身歌集（西野妙子・藤原龍一郎他）
『津森村』全篇
㉖続・谷岡亜紀歌集（四方田犬彦・山田航他）
『風のファド』『ひどいどしゃぶり』全篇
㉗吉野裕之歌集（内藤明・喜多昭夫他）
『ざわめく卵』全篇
㉘本多稜歌集（小池光・俵万智他）
『蒼の重力』『游子』『惑』（抄）他

（以下続刊）

水原紫苑歌集　　篠弘歌集
馬場あき子歌集　　黒木三千代歌集